Du & ich – und (k)ein Typ dazwischen

Bianka Minte-König

BEST FRIENDS FOREVER

Du & ich – und (k)ein Typ dazwischen

PLANET!

WARNUNG!

Dieses Buch gehört:
Motsi Morgenroth,
genannt MOTZI

Angefangen habe ich es an meinem
DREIZEHNTEN GEBURTSTAG,
der nun aber auch schon ein Weilchen her ist.

Es ist ein Freundschaftsbuch für meine
allerbeste Freundin MISS SOFIE
und erzählt von unserer intergalaktischen
FREUNDSCHAFT.

Beide sind wir allerdings immer noch
von dieser Entwicklungsseuche
mit großem P befallen, der sogenannten
PUBERTÄT!

Das wäre nicht weiter schlimm, wenn sie nicht
eine grundlegende Lebenskrise mit sich bringen würde,
in der besonders die Emotionen Achterbahn fahren.

Von der Bahnhofsbaustelle in
meinem Gehirn möchte ich gar nicht
mehr sprechen. Dazu nur so viel:
Wenn die Hormone anfangen, das Denken
zu bestimmen, stimmt entweder mit den
Hormonen oder mit dem Denken etwas nicht.

VORSICHT CHAOS!

Meine Lizenz zum Motzen
hilft mir da auch nicht weiter,
aber meine BFF Miss Sofie
normalerweise schon.
Jedenfalls konnte ich mich bisher darauf verlassen.
Zurzeit jedoch hat die plötzlich nur noch
ein Thema: JUNGS!
Grauenvoll, als ob es nichts anderes auf der Welt gäbe.
Aber Schule, Familie, Zickenzoff,
die Rettung der Welt …
das alles sieht sie nur noch eingetrübt durch
die rosarote Brille des ersten Verliebtseins
und stolpert mehr durchs Leben,
als dass sie geht.
Und ich als ihre Allerbeste stolpere natürlich
tapfer an ihrer Seite.

ACHTUNG: KATASTROPHEN!

Früher habe ich gedacht, in unserer
Freundschaft gelte der Satz:
Alles geht – nichts muss!
Momentan müsste es aber eher heißen:
ALLES MUSS – NICHTS GEHT!
Dennoch, wir wären nicht BFFs, wenn wir uns
nicht gegenseitig unterstützen würden, denn
GEMEINSAM SIND WIR STARK!
Wir sind so eng, da passt kein Blatt Papier dazwischen
und ein Junge schon mal gar nicht! Punkt!

Eure Motzi

PS: Ich motze auch auf meinem Blog
www.motzis.blogspot.de

Das ist doch wirklich kein Thema!

Okay!

Da haben wir es also wieder, das Thema mit den Jungs und dem Küssen.

Schuld ist Miss Sofie, meine allerbeste Freundin, oder genau genommen eher dieser hochbegabte Typ, dieser Jean-Pascal, so ein Nerd, der ihr Gedichte schreibt, die Sofie fast so gut findet wie die von Heinrich Heine.

Ich finde die auch toll, nicht die von Jean-Pascal, die Sofie mir meistens verheimlicht, sondern die von dem Heine.

Wegen dem Gefühl, was da drin steckt. Eigentlich etwas kitschig, stimmt schon, aber das greift einem halt ans Herz. Kostprobe gefällig? Bitte sehr:

Mein Herz ist wie die Sonne
So flammend anzusehn,
Und in ein Meer von Liebe
Versinkt es groß und schön …

Das haut einen um, oder? Flammendes Herz! Cooler Dichter! Kaum zu glauben, dass der schon seit hundertsechzig Jahren tot ist.

Natürlich will ich wissen, was nun Sache ist, und fühle Sofie auf den Zahn.

»Und? Was geht denn jetzt bei dir und Jean-Pascal? Ist es nur ein Lyrik-Workshop für zwei oder spinnt sich da etwas an zwischen euch?«

Ehrlich gesagt, ist mir das Geturtel zwischen den beiden nämlich etwas unheimlich.

Kommt auch so plötzlich. Vor wenigen Wochen noch hatte Sofie mit Jungs überhaupt nix an der Mütze und ich musste grade meinen ersten geraubten Kuss verkraften. Danach hatte ich – logisch – null Bock auf Jungs. Es geht ja auch wunderbar weiterhin ohne!

Sofie hat zwar einen riesigen Wissensschatz über alles, was mit Jungs und Liebe und Küssen und anderen Peinlichkeiten in der Pubertät zu tun hat, aber das ist alles secondhand. Wirkliche Erfahrung hat sie damit nämlich nicht. Noch weniger als ich. Inzwischen scheint Sofie das auch selber einzusehen und ist offenbar sogar bereit, in eine *Praxisphase* einzutreten.

Ausgerechnet mit Jean-Pascal, diesem Nerd! Der Typ aus ihrem Hochbegabten-Projekt scheint ihr da gerade recht zu kommen.

Bleibt die Frage: Mache ich mit oder nicht?

Ehrlich gesagt steht mir der Sinn nach der Enttäuschung mit Gerrit noch nicht wirklich nach einem zweiten Versuch, und immerhin haben Sofie und ich eine total schöne und enge und einmalige Mädchenfreundschaft, da stören Jungs doch eigentlich nur.

Ob Sofie, ahnt, worauf sie sich da einlässt?

Irgendwie habe ich regelrecht Schiss davor, dass Sofie sich echt in Jean-Pascal … Ihr wisst schon.

Man stelle sich vor, die *geht auch noch mit ihm!* Grauenhaft.

Nein, Leute, das kann ich nicht zulassen, wenn ich keinen Jungen brauche, dann braucht Sofie auch keinen. Punkt!

Sie weiß garantiert nicht, was sie da heraufbeschwört. Ich lasse mich doch nicht wegen so einem Möchtegerndichter abservieren!!!

OMG, das ist ja der schlimmste Gedanke, den ich in meinem 13. Lebensjahr bisher gedacht habe. Schnell weg damit … denn das würde Miss Sofie ihrer BFF niemals antun. Wir sind und bleiben beste Freundinnen – für immer! Doppelpunkt ☺! *g*

Ich hab's noch mal wissen wollen …

… also nach dem Schulfest. Da habe ich echt plötzlich die fixe Idee gehabt, dass mit Motzi und einem Jungen doch etwas laufen könnte.

Schuld war Manu, der Leadsänger unserer Schulband *Hot Feet*. Der war aber auch cool zu mir auf dem Fest.

Nein, nicht was ihr gleich wieder denkt, da war nicht wirklich was, außer einem gemeinsamen Drink. Aber allein wie der mich angeguckt hat … und dieses Lächeln in den Augen … und als er gesagt hat, dass er meine Zahnlücke »süß« findet, da hatte ich plötzlich das Gefühl, ich würde auf einer rosa Marshmallow-Wolke schweben.

Klar, das war intergalaktisch und es ist doch normal, dass ich so ein Gefühl ganz schnell noch einmal haben wollte. Das kann echt süchtig machen.

Und weil Sofie ihn auch »ziemlich okay« fand, habe ich sofort nachgeschaut, wann er mal wieder mit seiner Band auftritt und hab dann gleich Karten besorgt. Sofie musste natürlich mitkommen, denn allein hätte ich mich nicht getraut. Das Konzert war zwar bei uns im Jugendzentrum, das gleich hinter der Schule liegt, aber da ist immer unheimlich viel los und es ist ätzend, wenn man dann dort allein herumsteht. Deswegen fand ich es wirklich besser, dass Sofie dabei war.

An einem Freitagabend um sieben ging es los!

Natürlich hab ich mich ein bisschen aufgebrezelt, so einem Bandsänger muss ein Mädchen schon was bieten, der hat ja sicher jede Menge Fans. Also habe ich ein bisschen Schleim auf die Zunge gelegt und mal dezent bei meiner älteren Halbschwester Cora angefragt, ob sie ihren Kleiderschrank nicht mal wieder ausmisten muss. Der Meinung war sie zwar nicht, aber ein Glitzertop ist dann doch bei mir hängen geblieben. I like!

Sofie fand mich »richtig hübsch« und mit dem Top und meiner geliebten Fetzenjeans auch »sehr angesagt«. Na dann!

Ich war entsetzlich nervös, aber auch voll optimistisch.

Das Konzert war auch ziemlich gut, so wie Manu den Saal gerockt hat. Doch dann hat Sofie ihren Nerd Jean-Pascal in der Menge entdeckt und ist mit einer schlappen Entschuldigung und den Worten »Viel Erfolg bei Manu« einfach mit ihm verduftet.

Na toll, geht man so mit seiner besten Freundin um?, hab ich gedacht und stand am Ende des Konzerts ziemlich frustriert also doch allein da …

Trotzdem habe ich allen Mut zusammengekratzt und mich am Bühnenausgang postiert, um Manu dort abzupassen. Ich bin zwar nicht die Einzige gewesen, die da auf ihn gewartet hat, aber das war mir wumpe. Immerhin hatte ich den Vorteil, dass er mich vom Schulfest kannte und mich sogar süß gefunden hat ... jedenfalls meine Zahnlücke ... Okay!

Der Abend steht noch so lebhaft vor meinen Augen, als wäre es gestern gewesen: Manu kommt also endlich raus und ich bin so aufgeregt, dass ich, ohne nach rechts und links zu schauen, auf ihn zustürze.

»Hi, Manu!«

»Hi, Motzi«, sagt er, und ich fühle, wie sich unter meinen Füßen ein Wölkchen bildet ... Hach, wie cool, er hat tatsächlich meinen Namen behalten!

»Geht's gut?«

»Äh, ja ... und dir? Also das Konzert war mega! Ich ... äh ...«

Die anderen Mädchen schubsen und drängeln kreischend nach vorne ...

Er muss Autogramme geben und darum sagt er: »Wir sehen uns nachher an der Bar, okay?«

Mein Herz tanzt Salsa. Das ist doch ganz klar eine Verabredung. Wie wunderbar, wie traumhaft, ich habe ein Date mit Manu!!! Alle wollen ihn und ich, Motzi, das Girl mit der stylischen Zahnlücke, habe ihn geangelt. Ich fasse es zwar nicht, könnte aber platzen vor Glück.

Also mache ich mich erst mal mit der frohen Botschaft auf die Suche nach Sofie.

Ich entdecke sie bei Jean-Pascal im Aufenthaltsraum,

da spielt sie mit ihm – ja, doch echt – Schach! Uaahhh, wie prickelnd.

Nee, da ist doch ein Drink mit Manu viel, viel hipper. Ich schaue den beiden eine Weile gelangweilt zu, dann pirsche ich an die Bar.

Manu ist schon da und als ich mich zu ihm durchgequetscht habe, bestellt er mir sofort eine Coke. Ich bin selig und ziehe grade den ersten Schluck durch den Trinkhalm, als hinter uns eine mir nicht ganz unbekannte, tussige Stimme ertönt: »Manu! Marvellous! Eure Performance war mal wieder absolut genial! Hot, hotter, hottest!«

Priscilla, meine Lieblingsfeindin, quetscht sich zwischen uns und schiebt ihre überdimensionierten Brüste in seine Blickachse.

Schlupp, klebt er daran fest. Also sein Blick … und während er sagt: »Oh, Prissi, nettes … äh … Kleid«, kann ich mit ein bisschen Fantasie den Sabber aus seinem Mund in ihren offenherzigen Ausschnitt tropfen sehen. NEIN!!!

Vor *mir* steht seine Cola und vor *ihm* steht Priscilla, the sexiest girl in town. Der Abend ist gelaufen.

Die beiden fangen sofort an, heftig zu flirten und ich rutsche vom Hocker und mache, dass ich wegkomme, bevor ich vor Wut platze.

So ein Heini, der ist ja kein bisschen besser als die Hormonjunkies aus meiner Klasse. Immer noch geladen rausche ich in den Aufenthaltsraum, zerre Sofie mit den Worten »Wir gehen, komm!« von Jean-Pascal weg und schmeiße dabei mit einer unbedachten Bewegung die Figuren auf dem Schachbrett um, was die Partie ohnehin beendet.

Sofie ist völlig verwirrt, stammelt »Äh, warte mal einen Moment, Jean-Pascal, bin gleich wieder da …« und lässt sich mitziehen. Vor dem Jugendzentrum hat sie sich aber wieder gefangen und bleibt stehen. Also halte ich auch kurz an.

»Was geht denn mit dir ab, Motzi?«, will sie wissen. »Und wo ist Manu?«

Gleich kocht mein Zorn wieder über.

»Erwähne diesen Namen nicht mehr!«, gifte ich. »Der Typ ist für mich gestorben. Los, wir verschwinden, ich hab die Schnauze voll.«

Später im Bett habe ich mich dann gefragt, ob das nun für immer und ewig mein Schicksal sein wird, dass Priscilla mir jeden Typ ausspannt, den ich auch nur ansatzweise interessant finde? Bei Gerrit ist sie mir ja auch schon dazwischengekommen … Na gut, Schnee von gestern. Aber weil ich auf solche Spielchen keinen Bock mehr hatte, habe ich mir geschworen, ab sofort ein für alle Mal von den Jungs die Finger zu lassen.

Eine beste Freundin wie Sofie reicht mir vollkommen zum Glück. Nachdem ich ihr in hektischen Worten berichtet hatte, was mir Grauenvolles passiert war, hat sie schnell eine WhatsApp getippt und ist dann tatsächlich mit mir nach Hause gegangen. Sie hat sich total großherzig um mich gekümmert. Sogar Jean-Pascal hat sie allein vor seinem Schachbrett hocken lassen, um mich über diese Blamage hinwegzutrösten. Das war sooo lieb!

Ich sag doch: Es geht eben nichts über eine Mädchenfreundschaft, wozu brauchen wir da Kerle?

Die liebe Familie …

… hat mal wieder ein Attentat vor – Familienfeier! Das ist eine Zusammenrottung des gesamten Clans, also aller noch lebenden Anverwandten, um sich gegenseitig auf den Nerven herumzutrampeln.

Mir reicht ja schon meine Kernfamilie – mehr muss ich wirklich nicht haben.

~ Papa, der von seinem Homeoffice aus seine Burger-Filialen steuert, ständig an meinen Schulleistungen herumnörgelt und bei jeder sich bietenden Gelegenheit die Zahnspange anmahnt, mit der er die Zahnlücke zwischen meinen Schneidezähnen korrigiert sehen will. Ansonsten nennt er mich nur noch selten sein »Prinzesschen« und hat das Klamottengeld auch nicht mehr so locker sitzen wie früher.
»Die x-te Fetzenjeans muss ich dir wirklich nicht noch finanzieren!«

~ Mam, die tagsüber meistens in ihrer Partnerberatung abhängt, mir allerdings im Bedarfsfall bei psychologischen Fragen zur Seite steht. Also, wenn Miss Sofies Psychoanalyse versagt. Vielleicht liegt das dann aber auch an Dr. Freud oder daran, dass Sofie die falsche Couch hat oder einfach auch an mir. Egal, Mama als diplomierte Psychologin ist jedenfalls immer mit guten Ratschlägen zur Stelle, wenn ich sie brauche. Und was sie sagt, ist in meiner pubertätslastigen Lage meistens gar nicht mal so übel. Für eine Mutter ist sie schon ziemlich cool.

~ Stuart, mein vorpubertärer Bruder und Skateboard-Junkie mit Tendenz zum Klugschnacken, ist nach wie vor eine Plage. Er liest Mangas auf dem Klo und drückt zu jedem Thema seinen Senf aus der Tube. Bevorzugt bei solchen, die ihn nichts angehen oder peinlich sind. Aber er ist gewitzt und darum mag ich den kleinen Klotzkopf auch ganz gerne. Ich glaube, das beruht auf Gegenseitigkeit, denn beide sind wir genervt von unserer Stiefschwester – väterlicherseits! Das solidarisiert.

~ Cora, das notwendige Übel, ist siebzehn und schon fast mit der Schule fertig. Sie ist alles, was ich nicht bin, und das missgönne ich ihr total. Doch, gebe ich zu, ist halt so. Sie ist gut in der Schule, beliebt bei weiblichen und besonders männlichen Mitschülern und von Mutter Natur mit unglaublich blonden Haaren und einer Modelfigur verwöhnt. Da stimmt alles – Bauch, Beine, Po – und entsprechend stark ist der regelmäßige Zulauf von Verehrern.
Im Tanzkurs haben sich die Typen um sie gerissen und ständig steht so ein Spacken mit einer Vespa vorm Gartentor und streicht sich mit der Hand durch

seine hochgegelte Haartolle. Bäh! Dann stopft sie ihre Megamähne unter ihren weißen Rollerhelm, klemmt sich hinter den Typen und umklammert ihn mit beiden Armen wie eine Würgeschlange. Ab geht es in die nächste Disco!

Hach, wie ich sie beneide! Bestimmt wechsle ich bei einem solchen Anblick meine Gesichtsfarbe wie ein Chamäleon in schrilles Neongrün. Doch, das schneidet mir jedes Mal ins Herz. Andererseits läuft es zu Hause mit ihr inzwischen relativ problemlos, seit Papa auch ihr nicht mehr alle Klamottenwünsche erfüllt und sie mir hin und wieder ein paar ausrangierte Teile aus ihrem überquellenden Kleiderschrank spendet.

Nicht, dass ich damit annähernd so »bombe« aussehen würde wie sie, aber für Partys und Konzerte sind die Fummel ganz gut zu gebrauchen. Und vor allem kosten sie mich nix! Kurz gesagt: Cora wird langsam menschlich und vielleicht doch noch zu einem echten Familienmitglied.

Okay, zurück zum Thema: Familienzusammenrottung, äh, geselliges Beisammensein mit der Verwandtschaft.

Anlass ist Opa Knackstedts Rückkehr aus Florida, wo er – wie jedes Jahr – überwintert und Baywatch bei den Bikinischönheiten gemacht hat. Jetzt ruft ihn die Frühjahrsbestellung seines Kleingartens zurück in die kalte Heimat.

Am liebsten würde ich ja am Wochenende in die nächstbeste Felsenhöhle flüchten und dort eine Einsiedelei eröffnen, um innere Einkehr zu halten. Das wäre tausendmal gechillter. Aber es gibt bei uns eine eherne Regel: An Familienfeiern muss man teilnehmen, es sei denn Krankheit, Tod oder Geburt hindern einen daran. Andere Ausreden werden nicht akzeptiert!

Also ist treu und brav wirklich die gesamte Verwandtschaft aufgelaufen. Nur Cora hat gekniffen, aber das ist ihr Risiko, *ich* möchte nicht den Fluch der ganzen Familie auf mich laden. Macht jedenfalls keinen guten Eindruck und gibt auch keine Bonuszahlung. *g*

Ich kichere bei dem Gedanken, dass mir Onkel Karl garantiert wieder heimlich ein paar Euros zustecken wird. Nicht gleich ganze Bündel, aber doch mindestens einen Fuffi. Den lässt er locker für seine Lieblingsnichte springen. Das werden diesmal ein paar hochangesagte Espadrilles und ein Kinobesuch für Sofie und mich – einschließlich Popcorn.

Also halte ich durch. Dieses Mal leider ohne Miss Sofie, die mit – grrr!! – Jean-Pascal zu einem Hochbegabten-Treffen gefahren ist.

Oma Inge hat eine tolle Kaffeetafel aufgebaut und Stuart scannt den Tisch bereits nach seinen Lieblingstorten ab: Philadelphia und Schwarzwälder Kirsch. Ehe sich alle auf den Kuchen stürzen, hat er sich schon seine Portion unter dem missbilligenden Blick von Urgroßtante Amalie gesichert.

Alle Verwandten sind käsebleich wie die Philadelphia-Torte – noch voll im Wintermodus. Nur Onkel Karl nicht, der war erst kürzlich auf den Seychellen.

Der Hingucker ist aber natürlich Opa Knackstedt. Der ist von Floridas Sonne durchgegrillt, bis in die letzte Falte. Knackbraun sozusagen. Fast drei Monate Strandleben, das färbt voll durch. Außerdem strahlt er total viel Lebensfreude aus, was ihn aus der überwiegend sauertöpfischen Verwandtschaft positiv herausstechen lässt.

Ich finde, er hat die richtige Lebensphilosophie. Vom Frühjahr bis zum Herbst lebt er bescheiden in seiner Hütte im Kleingarten und im Winter lässt er es so richtig krachen. Also, denke ich mal, denn was will er sonst in Florida?

Die meisten Mitglieder unseres Familienclans neiden ihm dieses freie Leben, aber um es ihm nachzumachen, dafür sind sie zu feige. Sie hängen an ihren merkwürdigen Besitztümern und spießern weiter vor sich hin.

Ich stelle mir meine Zukunft jedenfalls anders vor. Ich will genauso frei sein wie Opa Knackstedt.

Vielleicht baue ich mir nach dem Abi ein Schiff und segle damit über die Meere. Wie dieses Mädel aus Australien oder so … Mehr Freiheit geht nicht, und wenn man sich selbst frei fühlt, dann kann man bestimmt auch Großes für andere vollbringen.

Äh, ja, da hapert es bei Opa Knackstedt etwas, der ist schon ein bisschen egoistisch, aber vielleicht war er in seiner Jugend ja anders und hat nun genug Gutes getan und darf darum auch mal an sich denken. Gut gelaunt wendet er sich gerade zu mir um:

»Na, Motzköpfchen, wat machen die Jungs? Haste dein Herz inzwischen verschenkt?«

Urgroßtante Amalie kriegt erst einen roten Kopf und dann einen Hustenanfall, der ihren gesamten übergewichtigen Körper in Wellen durchläuft und zum Beben bringt. Sieht voll krank aus. Opa Knackstedt haut ihr zweimal kräftig die Faust zwischen die Schulterblätter. Das hilft.

»Das ist doch kein Thema für ein so junges Ding«, tadelt die Urgroßtante noch leicht keuchend, »nur weil *du* den ganzen Winter ein lotterhaftes Leben führst, musst du das Motzi nicht auch unterstellen.«

Da hat sie Opa Knackstedt aber auf dem falschen Fuß erwischt.

»Amalie«, knurrt er sie an, »nun meckere nicht immer an meinem Lebensstil herum. Wer weiß denn, wie viele Winter mir in Florida noch bleiben. Wird ja nicht jeder so eine uralte Fregatte wie du!«

Gelächter ringsum, nur Urgroßtante Amalie ist angesäuert und stürzt auf mich zu, um ihren Frust abzulassen.

»Unsere Motzi ist ein braves Mädchen, überhaupt bist

du der Einzige, der so aus der Art geschlagen ist.« Sie wendet sich nun an mich: »Nicht wahr, Motzi, du interessierst dich nicht für Jungs und deine nette Freundin Sophia auch nicht … wo ist die denn überhaupt?«

»Äh, Sofie ist bei ihrem Freund …«, rutscht es mir heraus und Tante Amalies Glaube an die Jugend erhält einen kräftigen Dämpfer.

Opa Knackstedt hingegen klopft sich laut lachend auf die Schenkel.

»Von wegen zu jung für die Liebe!«

Kopfschüttelnd lässt die Urgroßtante uns stehen, schiebt sich ein riesiges Tortenstück in den Rachen und murmelt dabei irgendetwas von »Verderbtheit der heutigen Jugend«.

Onkel Karl tritt hinter mich und steckt mir unauffällig den Fünfziger zu.

»C'est la vie!«, sagt er grinsend und meint: »Es gab früher weitaus schlimmere Jugendliche, ihr seid schon ganz richtig heutzutage. Wenigstens keine Spießer und Duckmäuser.«

Papa und Onkel Dieter, der Zahnklempner, steuern auf mich zu.

»Motzi, wegen der Zahnkorrektur …«

Oha, das leidige Dauerthema.

ICH WEISS!

Nein, die Lage hat sich noch immer nicht geändert. Ich bin noch immer ungeküsst und Brekkies sind für eine Kusspremiere nicht unbedingt zu empfehlen. Aber wen aus meiner Familie interessiert's?

Papa und Onkel Dieter jedenfalls nicht, sonst würden sie mich nicht in schöner Regelmäßigkeit damit löchern … äh … na ja … da ist Onkel Dieter eben Spezialist … löchrige Zähne und so …

»Hast du es dir denn jetzt überlegt?«, fragt er und Papa meint zum gefühlt tausendsten Mal: »Eine rechtzeitige Zahnkorrektur ist wichtig für dein ganzes späteres Leben.«

Hm, wenn ich es genau betrachte, so hat sich die Lage doch verändert. Im Herbst wollte ich noch unbedingt von einem Jungen geküsst werden, aber jetzt nicht mehr – *auf keinen Fall!* Nee, bloß nicht! Hört mir damit auf! Ich habe absolut kein Interesse an einem Typ.

Alles, was ich will, ist Sofie! *Meine Allerallerbeste!* Und der ist es völlig wumpe, ob ich Brekkies habe oder nicht. Eine Mädchenfreundschaft hält ja wohl eine Zahnkorrektur aus. Also sage ich zur Freude von Papa und Onkel Dieter: »Also okay, dann machen wir es halt. Ich gehe Dienstag nach der Schule zu Onkel Dieter in die Praxis.«

Beide können es kaum fassen und sind dann total aufgekratzt.

Papa schlägt mir auf die Schulter. Aua! Dreht der jetzt durch?

»Ein wirklich guter Entschluss, Motzi. Bravo!«, sagt er euphorisch. »Du wirst es nicht bereuen.«

Na, da bin ich mir nicht so sicher. Für meine Modelkarriere wird das jedenfalls eher abträglich sein. Eine zweite Georgia May Jagger werde ich so nicht mehr.

Schule ist voll ätzend …

… jedenfalls meistens. Nicht so sehr die Schulfächer, einige davon zwar auch, aber überwiegend sind die eigentlich ganz interessant.
Viel schlimmer finde ich es, mich jeden Morgen durch die in ihrer brodelnden Hormonsuppe herumpaddelnden Jungs quetschen zu müssen, um meinen Platz im Klassenzimmer zu erreichen.

Gerrit führt wieder das große Wort bei seinen Kumpels Kevin und Krüger, als wäre nichts gewesen, und Priscilla gackert ständig mit ihrer neuen und alten Allerbesten Gunda und twittert inzwischen mit der halben Welt.

Grade fotografiert sie ihre meisterhafte Schnippelei für unser Kunstprojekt *Schaffe eine Collage über das Leben*. Vermutlich will sie damit auch noch auf Instagram nerven. Mir geht das Projekt selber inzwischen auch reichlich auf den Zwirn, denn es fällt mir allmählich nichts mehr ein, was ich dazu noch beitragen könnte. Sofie langweilt es ebenfalls und so tun wir nur so, als ob wir in den Zeitschriften nach Bildmaterial suchen würden, und lesen uns in Wirklichkeit leise kichernd durch die Promi-News, Modetrends des Frühjahrs und Beauty-

Tipps. Das ist echt gechillt. Das könnte ich bis zum Abi so weitermachen. Unser Kunstlehrer sicher auch … bis zu seiner Pensionierung vermutlich. *g*

Der Smartphone-Club hat sich bereits nach Weihnachten aufgelöst, weil ein Smartphone nun nichts Exklusives mehr ist, denn viele Mitschüler haben von ihren einsichtigen Eltern ebenfalls eins bekommen, ein abgelegtes – wie Sofie – oder, als Weihnachtsgeschenk, sogar ein brandneues.

Gerrit hat dadurch ganz klar an Macht verloren und auch die Sache mit der Mathe-Olympiade hat seinen Ruf bei vielen Schülern angekratzt. Obwohl die meisten das gar nicht erfahren haben. Er kann echt froh sein, dass man ihn wegen dieser wirklich üblen Geschichte nicht von der Schule verwiesen hat.

Bei mir ist er jetzt jedenfalls komplett unten durch. Natürlich ist aber durchgesickert, dass er die anonymen Herzen für Sofie zu verantworten hatte, und das hat ihm richtig geschadet. Seine Follower konnten nämlich überhaupt nicht nachvollziehen, was er an Sofie findet, denn zwischen Sofie und ihm liegen nicht nur Welten, sondern Galaxien.

Jedenfalls hält er sich darum zurzeit etwas zurück.

Priscilla, diese peinliche Pute, eher weniger. Da sie lange Ohren hat, auch nicht blind ist und sowieso die personifizierte Neugier, hat sie natürlich mitgekriegt, dass Sofie in jeder kleinen Pause auf den Flur rennt, um dort Jean-Pascal zu treffen.

Ich stehe dann wie bestellt und nicht abgeholt in der Klasse herum und vereinsame. Und da Priscilla eins und eins zusammenzählen kann, nutzt sie natürlich die Chance, mich anzupöbeln.

»Na, Motzi, wieder mal so allein? Hat deine Allerbeste Besseres zu tun? Man munkelt da so einiges … Jean-Pascal und sie … Tja, Sofie hat ja schon immer nach Höherem gestrebt. Ich habe eh nie verstanden, was sie an dir gefunden hat. Diese Freundschaft war doch völlig unter ihrem Niveau.«

Priscilla ist zwar nur eine dumme Zicke, aber ihre gehässigen Worte treffen mich trotzdem und schneiden mir tief ins Herz. Ich bin nicht so niveaulos, wie sie mich hinstellt, ich habe Sofie auch ganz viel zu geben. Kreativität, Tatkraft und jede Menge Liebe!

Aber davon versteht so eine Gans ja sowieso nichts. Der geht es immer nur darum, selber toll dazustehen, überall die erste Geige zu spielen … Freundinnen braucht sie doch nur als Publikum, das ihr applaudiert. Wenn die Eltern knallreich sind, dann ist man das wohl von zu Hause so gewöhnt, aber es nervt unsäglich. Ja, manchmal hasse ich sie regelrecht dafür.

Nicht für ihr reiches Zuhause, aber für diese Arroganz, für dieses zur Schau getragene Selbstbewusstsein, das man eigentlich schon Überheblichkeit nennen könnte.

Das ist nicht so wie bei Sofie, die sich manchmal einfach in ihrer Klugheit sonnt und niemandem schadet, sondern auch ganz viel für die Rettung der Welt tut. Priscilla dagegen tut alles nur für sich, damit sie gut dasteht und möglichst viele Leute sie cool und großartig finden. Dabei trampelt sie ohne Rücksicht auf Verluste auf allen anderen herum, die für sie unwichtig oder langweilig sind.

Ich bin beides für sie, denn sie versteht mich kein bisschen und hat auch nie versucht, mich zu verstehen. Sie hat mich immer ignoriert und neuerdings, seit Sofie mich so vernachlässigt, diene ich ihr wohl mal wieder als bevorzugtes Opfer.

Sie ist jedenfalls reichlich übermütig geworden und glaubt vermutlich, sie könne sich mit dem Geld ihrer Eltern alles kaufen. Nicht nur Klamotten und coole Fressalien, sondern auch Freunde für ihre Clique. Seltsam, dass sie trotzdem grade keinen Freund hat. Tja, wer hat auch schon Lust, von ihr vernascht und dann gleich wieder entsorgt zu werden.

»Guck mal«, holt Sofies Stimme mich aus meinen miesen Gedanken und hält mir das Magazin hin, in dem sie grade geblättert hat. »Cara und ihre Clique. Die sind doch echt durchgeknallt.«

Ich schaue mir die It-Girl-Clique etwas widerwillig an. Natürlich wieder beim Partymachen. Ich fand Cara ja eine Weile ziemlich cool, einfach weil sie genauso ein Motzkopf zu sein scheint wie ich. Aber dann habe ich sie mit einer Pelzkappe gesehen, für die man den süßen Füchsen das Fell abzieht, und mir ist die Galle hochgekommen. Wie kann sie einerseits für den Tierschutz posieren und dann bei so was mitmachen? Das geht gar nicht! Und bei ihrem reichen Elternhaus kann sie nicht mal behaupten, dass sie das Geld gebraucht hätte.

Sofie versteht meinen Zorn.

»Und ich habe auch nirgends gelesen, dass sie das Honorar für den Artenschutz oder ähnliche Projekte gespendet hätte.«

»Nee, das hat sie sicher für eine ihrer verrückten Partys verbraten. Bei mir ist sie unten durch.«

Ich habe es damals auch gleich auf meinem Blog gepostet.

»Priscilla würde sich genauso aufführen«, schimpfe ich.

»Nicht so laut«, zischt Sofie und schaut sich prüfend im Zeichensaal um, in dem die anderen Arbeitsgruppen zwischen den Regalen verstreut ebenfalls nicht grade schweigsam an ihren Collagen basteln. Aber unser Kunstlehrer kriegt sowieso nichts mit, da er konzentriert an der Vorbereitung für eine Ausstellung seiner eigenen Meisterwerke werkelt.

»Also, Priscilla«, plaudert Sofie beruhigt weiter, »wen interessiert die denn?! Glaubst du, in China fällt ein

Reissack um, wenn die hier hustet? Von der nimmt doch niemand Notiz.«

»Stimmt«, gebe ich ihr recht. »Aber Cara, die sollte schon ein Vorbild sein, die hat Millionen Follower auf Twitter und Facebook. Die könnte was bewirken und dann knickt sie so ein.«

»Vielleicht besinnt sie sich noch. Vermutlich hatte sie nur einen völlig dämlichen PR-Berater«, meint Sofie mit einem Schulterzucken.

»Kann sein. Viele Stars kriegen ja oft gar nicht mit, für was sie alles Verträge unterschreiben … Dabei könnten sie so viel Gutes tun, bei ihrer Bekanntheit.« Kopfschüttelnd wende ich mich wieder den Zeitschriften zu. Hm, überall Bilder von Cara. Jetzt macht sie auch noch Filme. Ganz schön aufregend, aber nee …

»… so ein Leben möchte ich nicht führen, also als Star überall rumgereicht werden.« Sage ich und meine es auch so.

Wenn ich mal erwachsen bin, will ich frei sein, von niemandem abhängig und allein mein Ding machen. Vielleicht zusammen mit Freunden, aber bestimmt ohne diese ganzen Leute, die an den Stars kleben und ihnen gar keine eigenen Entscheidungen und kein Privatleben mehr lassen. Und dann noch ständig die Paparazzi!

Alles Geld der Welt kann doch eine solche Unfreiheit nicht aufwiegen.

»Ich eigne mich nicht zum Star, dazu bin ich viel zu dickköpfig und aufmüpfig«, sage ich aus diesen Gedanken heraus leise zu Sofie und klappe das Heft zu. »Das überlasse ich gerne Leuten wie Priscilla und Co.«

Shoppingqueen 2

»Kreiere einen smarten Look rund um deine neuen Espadrilles!«

Ich kichere, als ich Sofie mit Guido Maria Kretschmers Worten den Vorschlag mache, nach der Schule meine fünfzig Euro von Onkel Karl zu verbraten. »Wir können vorher zusammen bei meinem Vater essen.«

Klar, dass sie da nicht Nein sagt. Ihre Eltern sind mittags sowieso nie zu Hause und so setzt sie sich gerne mal an einen gedeckten Tisch. Sei es auch nur in der City-Filiale von Papas Burger-Kette. Aber da wir dort in der Kindergeburtstagsecke sitzen dürfen, die meistens abgesperrt ist, wenn keine Geburtstage stattfinden, ist es da ja auch ganz gemütlich, und die Vegi-Burger sind wirklich erste Sahne!

Danach stürzen wir uns mal wieder à la Shoppingqueen ins Getümmel unserer Einkaufspassage. Da gibt es alle Geschäfte, die wir brauchen. Erst mal klappern wir die vier Schuhläden ab. Der erste dient uns nur zur Orientierung, der ist voll trendy, aber viel zu teuer für Normalsterbliche. Leute wie Priscilla können dort locker Espadrilles für dreihundert Euro kaufen. Da steht dann irgendwo auf der Schuhsohle ein angesagter Designername drauf, *D&G* oder *Chanel*, den sowieso keiner sieht, wenn sie ihm nicht grade damit ins Gesicht tritt. Was sie natürlich nicht tut. *g*

Aber wenigstens nehmen die in dem Laden noch keinen Eintritt, sodass Gucken kostenlos ist und ziemlich viel Spaß bringt.

Wir staunen beide, was die Schuhindustrie aus den schlichten Strohlatschen gemacht hat. Hammer! Tja, wenn plötzlich was Trend ist, kann man damit auch ordentlich Kasse machen, und da will natürlich jeder dabei sein.

Die Teile sind allerdings wirklich ziemlich cool und ich verliebe mich mehr als einmal in ein stylisches Paar, bei dessen Preis mir dann aber jedes Mal das Herz blutet. Selbst Sofie entflammt und ist genauso traurig, dass sie sich ebenfalls hier nichts leisten kann.

»Komm«, mache ich dem grausamen Spiel ein Ende. »Lass uns in einen anderen Laden gehen, wo es erschwingliche Preise gibt. Onkel Karl hat nicht fünfhundert, sondern nur fünfzig Euro spendiert und die haben leider auch nicht über Nacht Junge gekriegt.«

Also gönnen wir uns eine Schoki im Bistrocafé und pilgern dann eine Etage tiefer, wo die preiswerteren Shops liegen. Auch hier ist das Angebot reichlich, aber eben nicht ganz so abgefahren wie oben.

»Guck mal«, sage ich schließlich etwas genervt zu Sofie und halte ihr ein Paar schlicht weiße Espadrilles vor die Nase. »Die hier, die haben genauso eine Sohle wie die von *Chanel*.«

»Stimmt, aber haben dir da nicht die Bunten gefallen, die im Batiklook?«

Ich nicke. »Ja, haben sie. Aber die kann sich ja kein Mensch leisten. Deswegen habe ich gedacht, ich könnte doch einfach weiße nehmen und sie selber bemalen. Stofffarben und Fixierspray kaufen wir schnell noch im Bastelladen.«

Sofie klatscht sich mit der Hand gegen die Stirn. »Ja, genau! Das ist eine echt coole Idee, Motzi! Was kosten die denn?«

»Spottbillig, sind sogar runtergesetzt auf 9,90 Euro.«

»Fabelhaft«, platzt es begeistert aus Sofie raus und ich wundere mich über ihren Überschwang. »Für den Preis kann ich mir auch ein Paar leisten.«

Nun bin ich auch total aufgekratzt.

»Genial und dann pimpen wir die nachher zusammen! Das ist echt fett. Best-Friends-Schlappen! Wenn es klappt, können wir gleich einen DIY-Tipp dazu auf den Blog setzen.

Wir kaufen zwei Paar und ich erstehe bei *H&M* von meinem Restgeld noch eine runtergesetzte Skinny Jeans und ein frühlingsfröhliches Shirt. Weil immer noch was übrig ist, schleppe ich Sofie, nachdem wir im Bastelladen die Farben für die Schuhe ausgesucht haben, noch zu einem Ständer mit Aufklebe-Tattoos. Die sind in Goldtönen jetzt total angesagt. Kleine Lilien für die Innenfläche des Handgelenks zum Beispiel oder Schlangen, die sich um das Fußgelenk kringeln. Sieht voll gut aus.

»Das ist für dich«, sage ich und gebe Sofie einen Bogen mit den gleichen Motiven, wie ich sie habe. »Best Friends forever!«

Gefühlsachterbahn

Das war ein wunderschöner Nachmittag mit meiner besten Freundin und wir haben jetzt alle beide goldene Schlangen-Tattoos an den Fußgelenken. Heftig!

Die Espadrilles sind auch richtig toll geworden. Jetzt brauchen wir nur noch eine Gelegenheit, bei der wir sie gemeinsam einweihen können.

Dafür muss aber erst mal das Schmuddelwetter aufhören.

Ich seufze, weil es mich jetzt noch mehr wurmt, dass Sofie so viel Zeit mit Jean-Pascal verbringt. Was könnten wir stattdessen nicht alles Schönes zusammen machen? Die Welt könnten wir aus den Angeln heben.

Klar, dass mir am Abend, als Sofie weg ist, wieder Priscillas hämische Bemerkung einfällt. Die hat mich schon getroffen, denn ich fühle mich ohne Sofie in der Schule wirklich ziemlich einsam.

Jetzt muss ich ständig daran denken, wie sie in jeder Pause zu Jean-Pascal düst, und dass es mir viel besser ginge, wenn Sofie wieder mehr für mich da wäre und sie und Jean-Pascal sich bald entlieben würden.

Es ist doch sowieso eine Illusion zu glauben, dass sie es längere Zeit miteinander aushalten könnten.

Sofie ist viel zu schwierig, weswegen sie ja auch nur mich als Freundin hat. Gut, bei mir ist es nicht anders, aber ich bin mit dem Zustand ja zufrieden und laufe keinem Jungen hinterher. Sie reicht mir als Freundin voll und ganz.

Klar, dass ich mir also etwas konkretere Gedanken darüber mache, wie ich das … äh … fördern könnte … also, dass die beiden ihre Beziehung möglichst bald beenden und nicht noch mehr zu meinem Nachteil ausbauen. So richtig fällt mir dazu aber nichts ein und das hat damit zu tun, dass ich Sofie ja eigentlich eine echte Erfahrung mit einem Jungen durchaus gönne. Sie ist, wie schon gesagt, in der Hinsicht bisher viel zu theoretisch gewesen und lernen kann man meiner Meinung nach am besten im wirklichen Leben. Das findet meine Mutter auch und die ist als Partnerberaterin in Liebesdingen ja sehr erfahren.

Aber natürlich will ich Sofie eine Enttäuschung, wie ich sie erlebt habe, ersparen.

Meine üble Erfahrung mit Gerrit hat mir zumindest gezeigt, dass die Liebe kein Ponyhof ist. Man darf sein Herz nicht leichtfertig verschenken, und es rächt sich, wenn man zu vertrauensselig ist.

Sein mieses Verhalten nach dem gescheiterten Kussversuch auf der Klassenfahrt hat mich richtig schwer getroffen und so etwas wünsche ich meiner schlimmsten Feindin nicht und meiner allerbesten Freundin natürlich schon mal gar nicht. Aber wenn ich das im Zusammenhang mit Jean-Pascal auch nur anspreche, dann geht Sofie sofort hoch.

»Misch dich da nicht ein! Jean-Pascal ist ganz anders. Er ist hochintelligent und so wundervoll kreativ. Das ist echte Seelenverwandtschaft, Motzi. Nicht so ein oberflächlicher, sexistischer Flirt.«

Na, dann hoffe ich mal, dass dieser Seelenverwandte sich nicht eines Tages doch lieber für eine hohle, vollbusige, langbeinige Schulzicke entscheidet. Obwohl ... Sofie wäre dann wohl ein für alle Mal von ihm kuriert. Hm, könnte nicht vielleicht Priscilla ...?

Der Gedanke fasziniert mich. Er lässt mich genauer gesagt nicht mehr los – geschweige denn einschlafen.

Aber Priscilla und Jean-Pascal? Nein, das passt doch gar nicht!

Andererseits – ganz uninteressiert ist Priscilla an Jean-Pascal bestimmt nicht, sie ist schließlich an *keinem* Jungen ganz uninteressiert. Außerdem gönnt sie natürlich ganz generell einem Mädchen aus unserer Klasse keinen Typen, es sei denn, sie hat ihn bereits abgelegt. Ein Junge, der auch noch ein gewisses Niveau hat und aus einer anderen Klasse stammt, müsste sie doch total neugierig machen.

Vielleicht könnte man ihr Interesse etwas verstärken ... also, indem man Jean-Pascal für sie noch etwas reizvoller macht.

Sie ist doch garantiert neidisch auf Sofies Beziehung zu ihm. Also muss sie selbst auch etwas an ihm finden … Ich müsste ihn eben ein wenig mehr in Szene setzen. Seine attraktiven Seiten und Qualitäten in … äh, ihren Blick … rücken. Das ist ja grundsätzlich nichts Schlechtes …

Sofie kann doch auch stolz sein, wenn ich Jean-Pascal lobe. Muss natürlich Priscilla gegenüber ganz beiläufig geschehen … total unauffällig und unverdächtig.

Falls die sich dann tatsächlich für ihn interessieren sollte, ist das nicht mehr meine Limo. Ich bin dann raus.

Die Sache ist doch eigentlich ganz klar: Wenn Jean-Pascal Sofie wirklich liebt, dann kann Priscilla so viel mit ihm flirten, wie sie will. Er wird sie gar nicht wahrnehmen. Wenn aber doch, dann ist es eben auch keine richtige Liebe bei ihm gewesen.

Eigentlich helfe ich Sofie damit doch nur. Es ist wie … ja … wie ein *Treuetest*. Der bringt schließlich nur die Wahrheit ans Licht. Ist Jean-Pascal treu, dann liebt er Sofie wirklich – fängt er mit Priscilla einen Flirt an, liebt er sie nicht. Auf jeden Fall nicht genug.

Und mit jemandem, der mit Priscilla flirtet, kann Sofie schließlich auch nicht seelenverwandt sein. Mal davon abgesehen, dass sie das sowieso nur mit mir sein kann. *g* Sofie wird einsehen, dass sie sich in Jean-Pascal getäuscht hat und reumütig all ihre Aufmerksamkeit wieder ihrer Allerbesten schenken, nämlich mir. Ja, so könnte es gehen und genauso werde ich es machen.

Nach diesem genialen Entschluss schlafe ich nun endlich ein.

Als Sofie am nächsten Morgen wieder nach dem Klingeln ohne ein Wort in den Flur verschwindet, reicht es mir und ich wanze mich an Priscilla ran.

»Hallo, Prissi«, schleime ich sie an, »ist dir schon aufgefallen, dass Jean-Pascal in den kleinen Pausen immer mit Sofie im Flur rumhängt? Ich glaube, die Mädchen aus seiner Klasse haben, seit er Sofie kennt, bei ihm keine Chancen mehr. Der hat höhere Ansprüche. Sofie kann sich ja sooo glücklich schätzen, dass sie ihn geangelt hat, sie haben auch voll die gleichen Interessen … und der Junge ist so was von hochbegabt und dann noch richtig gut aussehend …«

Ich weiß, dass ist jetzt verboten direkt, aber bei Priscilla funktioniert es nur mit dem Holzhammer, dezente Andeutungen nimmt die gar nicht wahr. Allerdings wundert sie sich schon, dass ich ausgerechnet ihr was von dem Typ vorschwärme. Aber sie beißt an.

»Du meinst doch nicht, dass Sofie echt mit ihm geht?«

»Was verstehst du unter *gehen?* Sofie tauscht mit ihm Gedichte aus, die machen zusammen so 'ne Art Lyrik-Workshop, voll die Seelenverwandtschaft, glaub ich … Eigentlich steht Sofie ja nicht so auf Jungs, aber Jean-Pascal ist schon was Besonderes! Wenn der sich auf ein Mädchen einlässt, kann es sich echt was darauf einbilden. Aber Sofie ist selber ja auch total hochbegabt, das imponiert ihm natürlich ...«

Oha, war das nicht vielleicht der berüchtigte Satz zu viel? Hoffentlich riecht sie jetzt nicht gleich Lunte.

»Hochbegabung ist nicht alles«, sagt Priscilla im selben Augenblick. »Die meisten Jungs schätzen nach meiner Erfahrung doch ganz andere Qualitäten an einem Mädchen.«

Ich muss mir ein breites Grinsen verkneifen, denn jetzt müsste sie nur noch hinzufügen: »Solche, wie ich sie habe: Beine, Brüste, Po!«

Tut sie zwar nicht, aber gedacht hat sie es bestimmt. Damit hätte ich sie ja schon mal in der richtigen Spur.

Also stimme ich ihr zu, relativiere aber zugleich ein bisschen: »Bei Hochbegabten ist das sicher etwas anders ... bei Jean-Pascal überwiegen bestimmt die geistigen Interessen, da kann Sofie natürlich punkten ...«

Hm, warum sagt Priscilla denn gar nichts mehr? Meine Worte müssten doch eigentlich ihren Ehrgeiz anstacheln und ihren Jagdinstinkt wecken. Sie glaubt doch garantiert, dass sie jeden Jungen um den Finger wickeln kann.

Klar, tut sie das, denn plötzlich platzt es ziemlich ärgerlich aus ihr heraus: »Und mich findest du also zu blöd für so eine Intelligenzbestie?«

Ich reibe mir innerlich die Hände, weil es so gut läuft, komme aber leider nicht mehr zu einer Antwort, denn grade klingelt es und Sofie rauscht zusammen mit Frau

Schönfelder in die Klasse. Na gut, dann werde ich die Sache erst mal auf die große Pause verschieben.

Das ist auch viel besser, da hat man mehr Zeit, den Dingen Raum zu geben.

Klingt gut, nicht wahr? Stammt von Mam und ist eine der Erkenntnisse, die ihr bei ihren meditativen Übungen auf dem Weg zur Erleuchtung immer mal wieder kommen. Keine Eile, sich Zeit nehmen und den Dingen Raum geben. Das werde ich machen …

»Motsi? Wo bist du schon wieder mit deinen Gedanken?«

»Ich, äh, ich gebe den Dingen Raum …«

»Könntest du das vielleicht erst mal in diesem Klassenraum machen, mit den Dingen, die zum Unterricht gehören?« Frau Schönfelder mag es nicht so gerne, wenn man ständig abschweift. Also nicke ich.

»Klar, was, äh, soll ich tun?«

Sofie patscht ihren Finger in das Lektürebuch und zischelt: »Da weiterlesen.«

Okay, ich hab's gecheckt. Mit gesenkter Stimme quäle ich mich durch den Text. Ich lese wirklich gerne, aber diese Sprache ist mir zu kompliziert, die Sätze sind ellenlang und wenn ich so etwa in der Mitte bin, habe ich schon vergessen, was ich am Anfang gelesen habe, und am Ende checke ich gar nichts mehr. Frau Schönfelder bleibt das nicht verborgen, aber muss sie es – zur Gaudi der Klasse – auch noch aussprechen?

»Sag mal, Motsi, hast du das überhaupt verstanden, was du da gerade gelesen hast?«

»Äh, ja, klar.«

»Könntest du dann bitte mal den Inhalt des Satzes kurz zusammenfassen?«

»Äh, nein!« Uups, das habe ich jetzt aber nicht laut gesagt?!

Doch, habe ich. Sofie tritt mir unter dem Tisch gegen das Schienbein und ich verfluche meine Plapperschnute. Die will einfach nicht kapieren, wann meine Gedanken besser auf dem Abstellgleis meines Gehirns liegen bleiben und wann es sinnvoll ist, sie öffentlich zu machen.

Ich bräuchte auch in meinem Gehirn so eine Funktion wie bei meinem Blog. Da kann ich nämlich ins Unreine schreiben und erst nach einer Vorschau und der Frage, ob ich das jetzt wirklich posten will, wird der Beitrag auf dem Blog veröffentlicht. Doch, das würde mir in der Schule sehr helfen, denn ich habe echt keine Ambitionen auf den Job als Klassenclown.

Also schnell zurückrudern.

»Ich meine, natürlich, ja, also …« Ich schiele ins Buch, kann aber vor Aufregung gar nichts erkennen, die Buchstaben verschwimmen regelrecht vor meinen Augen. Hat alles keinen Zweck, ich bin grade viel zu nervös. Auch Sofies Zettel, den sie zu mir rüberschiebt, kann ich nicht entziffern, bestimmt hat sie da in Windeseile alles Wichtige notiert, aber ich kann mich einfach nicht konzentrieren.

Das ist es!

»Tut mir leid«, sage ich, »ich kann mich einfach nicht konzentrieren.«

Klingt doch irgendwie gut als Entschuldigung.

»Und warum nicht?«, will Frau Schönfelder aber wissen. »Hat es einen bestimmten Grund?«

Ich nicke. Klar, weil ich ständig über Sofie und unsere Freundschaft nachdenken muss … doch das sage ich diesmal nicht, sondern zucke nur die Schultern.

»Ich weiß nicht, irgendwie habe ich Kopfschmerzen.« Damit kommt nämlich Cora immer, wenn ihr was nicht passt, und mit ihrer Periode …

»… ich, ich glaube, ich kriege meine Periode.« Huch, schon wieder verplappert. Aber okay, Frau Schönfelder ist auch eine Frau, da ist es nicht so schlimm, bei Gauß und Rotzeck wäre es noch peinlicher.

Im Jungenflügel fängt unterschwelliges Kichern an, ehe es sich zu einer La-Ola-Welle auswachsen kann, muss ich schnell ablenken.

»Äh, wussten Sie, dass man auf Tampons und Hygienebinden in Australien eine Luxussteuer zahlen muss?«

Die La-Ola-Welle bricht sich Bahn. Sofie neben mir kichert ebenfalls.

»Was ist?«, raunze ich sie an. »Hast du mir doch selbst erzählt.«

»Musst du es deswegen gleich öffentlich weitertratschen?«

Ich zucke wieder einmal die Schultern, das wird sich gleich rausstellen, ob ich das musste. Bin selber gespannt, wie Frau Schönfelder reagiert.

Erst mal bittet sie um Ruhe.

»Das ist keineswegs zum Lachen«, sagt sie dann. »Es ist eine bodenlose Frechheit!«

Oje, dass sie so angenervt von mir ist, das hätte ich jetzt nicht erwartet.

»Es zeigt, dass in Australien Frauen in einer Art und Weise diskriminiert werden, wie es einer solchen Nation unwürdig ist.«

Uups. Sie hat gar nicht mich gemeint. Sie ist sauer auf die Australier.

Ich schiele zu Sofie rüber, sie hebt unter dem Tisch den Daumen.

Puh, das ging ja grade noch mal gut.

Ich melde mich.

»Ja, Motsi?«

»Ich habe es gestern gelesen und darüber nachgedacht, wie ungerecht es ist, dass wir Frauen uns mit dieser … äh … damit herumplagen müssen, nur damit die Menschheit nicht ausstirbt, und dann auch noch zur Kasse gebeten werden.«

»Sehr richtig, Motsi. Hast du auch überlegt, was man dagegen machen kann?«

Ich nicke, habe aber natürlich keinen blassen Schimmer. »Ich wollte eigentlich in Sozialkunde mal Herrn Rotzeck darauf ansprechen. Als Politiklehrer weiß er ja sicher, wie man mit so was umgeht.«

»Das ist eine sehr gute Idee, Motsi!«

»Und auf meinem Blog werde ich das Thema auch aufgreifen.«

»Nun mal langsam«, wispert Sofie mir zu, »übertreib nicht gleich.«

»Sehr schön«, meint Frau Schönfelder jedoch, »es gefällt mir, dass dir solche Ungerechtigkeiten auffallen.« Dann wendet sie sich an Sofie.

»Bitte fass du uns doch mal den letzten Satz aus der Lektüre zusammen ...«

Ich lausche Sofies präzisen Worten und freue mich total, dass ich so gut aus dieser dummen Situation herausgekommen bin. Da habe ich gedacht, ich rede mich um Kopf und Kragen, und dann kriege ich sogar noch ein Lob von unserer Klassenlehrerin. Das ist echt SPITZE!

Liebe, Liebe, lass sie los!

Also Sofie von Jean-Pascal zu entlieben ist gar nicht so leicht.

Besonders dann nicht, wenn man wie ich dazu Priscilla als Mittel zum Zweck benutzen möchte. Herzensdinge mit ihr klären zu wollen, ist schon allein deswegen nicht einfach, weil sie

1. kein Herz hat und
2. nur sich selbst liebt.

Was also folgern wir daraus? Weder sucht sie nach wahrer Liebe, noch kann man sie als Herzköder benutzen.

Also hat sie sowieso keine Chance, Jean-Pascal für sich zu gewinnen. Das heißt, ich kann die Aktion gleich abblasen?

Falsch! Priscilla hat dafür was anderes, etwas, was sie auch gerne mit beiden Händen zum Anfüttern rausschmeißt!

Sie hat … Sexappeal oder wie Kevin konkreter sagen würde: »Sie hat einen geilen Knackar…!« (Ihr wisst schon, muss ich nicht aussprechen, denn so prollig rede ich nicht gerne.)

Gerrit fände »die Braut heiß« und Krüger würde Priscilla »nicht von der Bettkante stoßen«. Alles klar?

Die Jungs aus meiner Klasse stehen eben auf It-Girls. Und während nun Gerrit die Lektüre fortsetzt, frage ich mich, ob es in anderen Klassen nicht ganz genauso ist.

Es kann doch nicht sein, dass nur bei uns solche Hormonjunkies auf einer permanenten »Anbaggerwelle surfen« und unsere Klasse zur »Aufriss-Zone« machen.

Denn wenn es eine allgemeine Begleiterscheinung der Pubertät ist, dass Jungs verstärkt auf sekundäre Geschlechtsmerkmale abfahren, dann dürfte ja eigentlich Jean-Pascal davon ebenfalls nicht verschont bleiben. Das heißt, er müsste, wenn Priscilla ihn anflirten würde, wie alle anderen Jungs auch mit einem erhöhten Adrenalinpegel reagieren, »angetörnt sein« und im Endeffekt nur noch eins wollen, »die Braut klarmachen«.

Ich grinse bei dem Gedanken still vor mich hin.

»Warum grinst du?«, fragt Sofie mich leise.

»Ach nur so, ich habe grade überlegt, ob Jean-Pascal trotz seiner Hochbegabung eigentlich ein ganz normaler Junge ist oder ob er vielleicht in einigen Bereichen entwicklungsverzögert ist?«

»Sag mal, spinnst du?!«

Hola, was geht denn mit Sofie? Wieso reagiert sie so überaus spontan und aggro? War doch eine ganz harmlose Frage. Denn es könnte ja immerhin sein, dass wegen der übermäßigen Entwicklung des Gehirns bei Jean-Pascal die Hormone etwas zu kurz gekommen sind …

also noch nicht so … äh … munter sind wie bei einigen anderen Jungs, die wir kennen bzw. ertragen müssen.

»Sofie? Was gibt es, möchtest du etwas zum Unterricht beitragen? Dann melde dich bitte«, fragt Frau Schönfelder und ist sichtlich irritiert. Vermutlich denkt sie, dass heute in ihrem Unterricht irgendwie der Wurm drin ist.

Sofie verkneift sich weitere emotionale Ausraster, schüttelt den Kopf und sagt mit erzwungener Gelassenheit: »Nein, hat sich schon erledigt, ich hab da wohl nur was missverstanden.«

Wieder muss ich grinsen, denn Sofie hat ganz gut verstanden und ich bin nun noch doller gespannt, wie unsere Sexbombe Priscilla bei Jean-Pascal einschlagen wird.

In der großen Pause, Sofie ist schon wieder auf dem Abflug zu ihrem Seelenverwandten, klebe ich mich also an Priscilla und ihre Clique, was natürlich nicht auf Begeisterung bei denen stößt.

»Hast du ein neues Schoßhündchen, Priscilla?«, fragt Gunda süffisant. »Oder warum folgt dir Motzi auf Schritt und Tritt?«

Ich würde ihr am liebsten an die Gurgel gehen, aber dann wäre mein Plan gleich im Eimer. Jetzt wedelt sie mir mit ihrem Müsliriegel vor der Nase herum. »Darf sie Leckerlis?«

Oh Mann, ich glaube, ich beiße ihr in die Hand, wenn sie nicht sofort mit dem Mist aufhört.

Aber da schreitet Priscilla ein.

»Macht euch mal dünne. Ich habe was mit Motzi zu besprechen.«

Erstaunen, ja regelrechte Verwirrung in der Clique, aber Priscillas Wort ist Befehl. Da herrscht Ordnung! Wenn die Chefin befiehlt, wird gehorcht. Zischelnd und murrend rücken die Gänse ab.

»Was willst du?«, geht Priscilla mich nun direkt an.

»Unser Gespräch aus der kleinen Pause fortsetzen.«

»Was gibt es da fortzusetzen?«

»Na ja, ich dachte, du wolltest mit mir eine Wette abschließen?«

»Wette? Was für eine Wette?«

»Hast du nicht gesagt, du könntest jeden Jungen rumkriegen? Ich finde, das ist eine ziemlich kühne Behauptung. Meinst du wirklich, dass deine … äh … Vorzüge auch einen Hochbegabten wie Jean-Pascal überzeugen können?« Sie will grade ärgerlich aufbrausen, als ich noch nachschiebe: »Ich glaube natürlich nicht, dass du für einen hochbegabten Jungen zu blöd … äh … nicht interessant genug bist …« Sie funkelt mich mit einem wütenden Blick an, also fahre ich schnell besänftigend fort: »… denn ich gebe dir völlig recht: Auch hochbegabte Jungs sind nur Jungs und genau solche Hormonsklaven wie alle anderen Typen …«

Sie entspannt und sagt: »Schön, dass du das einsiehst. Und damit das in deinen Motzkopf reingeht: ICH KANN JEDEN HABEN!«

Sehr gut, noch ein bisschen sticheln und sie ist ein Klumpen Knete in meinen Händen.

»Du kennst Jean-Pascal nicht … das ist schon etwas anderes mit ihm und Sofie!«

»Nix ist da anders«, zickt sie nun sichtlich genervt. »Ich habe auch gern mal einen intelligenteren Jungen.«

Jetzt lasse ich eine kleine Provokation in das Gespräch einfließen.

»Und warum gibst du dich dann immer nur mit den Hirnis aus unserer Klasse ab? Mir kannst du doch nichts vormachen, an so einen wie Jean-Pascal würdest du dich nie ranwagen. Da ist dir Sofie eindeutig überlegen.«

Nun kocht sie vor Wut. Prima, gleich habe ich sie da, wo ich sie hinhaben will.

»Jede Wette, dass du dich nicht trauen würdest, einen Jungen anzusprechen, der einen Intelligenzquotienten über hundertvierzig hat, und mit ihm zu flirten.«

»Ach, das glaubst du, Motzi-Oberschlau?! Und wenn ich dir das Gegenteil beweise? Du wirst dich wundern, wie schnell ich zu Jean-Pascal ebenfalls eine *Arbeitsbeziehung* habe …«

»Stell dir das nicht zu leicht vor. Ich hab dir doch gesagt, Sofie und er sind seelenverwandt und beide hochbegabt, das ist mehr als ein Flirt und ein Kuss …«

Oha, nun habe ich ihr aber wirklich den Weg frei gemacht, wenn sie jetzt nicht peilt, wo es langgeht, dann wird das nichts …

Im Moment wirkt Priscilla allerdings etwas misstrauisch und schweigt. Habe ich den Bogen überspannt? Das wäre ja ärgerlich!

Ich hätte nicht gedacht, dass es so schwer sein würde, sie für Jean-Pascal zu interessieren. Ist es aber.

»Was bezweckst du eigentlich, Motzi? Warum soll ich deiner Allerbesten ihren Freund ausspannen?«

Shit! Wieso hat sie das denn gleich spitzgekriegt? Sie ist wirklich nicht so blöd.

»Also, das hast du aber vollkommen falsch verstanden, Priscilla. Das würde ich nie tun! Ich habe Jean-Pascal ja nur als Beispiel angeführt, denn eigentlich glaube ich, dass wirklich intelligente Jungs ihre Hormone im Griff haben. Die suchen bei einem Mädchen was anderes …« Und als ich jetzt »… zum Beispiel intellektuelle Befriedigung« sage, da bricht Priscilla in schallendes Gelächter aus.

OMG, der halbe Schulhof gafft zu uns rüber, ist ja peinlich! Wie mache ich denn jetzt schnell den Sack zu?

»Und woher weißt du das so genau?«, schnaubt sie dann immer noch prustend.

»Ist ja nicht so schwer zu sehen, wo Sofie und Jean-Pascal das täglich vorleben …«

Nun habe ich sie so weit.

»Hör zu, Motzi, ich weiß zwar nicht, warum du mich so provozierst, aber die Wette gilt.«

Und dann sagt sie das Zauberwort, was ich auf mich gemünzt so oft von Sofie gehört habe: »Ich bin hundertprozent sicher, dass jeder dieser pubertären Typen *bedürftig* ist und auf ein bisschen … äh … Entwicklungshilfe voll abfährt. Ganz egal, ob sein IQ bei hundertvierzig liegt oder nicht.«

»Besser hätte ich es nicht ausdrücken können.«

»Ich werde dir beweisen, dass selbst dein hochgelobter Jean-Pascal für ein paar Streicheleinheiten und einen Kuss von mir deine Sofie sofort stehen lässt. Beschwer dich also nicht, wenn sie bald mit ihrem Liebeskummer zu dir kommt. Du wolltest es ja so.«

Stimmt, genau das will ich tatsächlich, Sofie soll sich entlieben, und genau das wird sie auch tun, wenn Jean-Pascal auf Priscillas Flirt-Tricks hereinfallen sollte. Ich werde sie als gute Freundin schon darüber hinwegtrösten.

»Das schaffst du nie, Priscilla«, stachele ich sie noch ein bisschen an, »aber meinetwegen: Die Wette gilt.«

»Und dein Einsatz? Keine Wette ohne Wetteinsatz.«

»Mach einen Vorschlag«, nehme ich das nicht so wichtig.

»Was Fieses oder was Nettes?«

Hm, da die Sache ziemlich offen ist, vielleicht lieber was Nettes, einer Fiesigkeit von Priscilla möchte ich mich jedenfalls nicht so gerne aussetzen.

»Okay, der Gewinner bekommt zwei Kinokarten plus eine Familienpackung Popcorn vom Verlierer.«

Teures Vergnügen, denke ich, stimme aber zu.

»Dann kann sich ja Jean-Pascal schon mal auf einen tollen Kinonachmittag mit mir freuen«, sagt sie mit siegessicherem Grinsen. »Einen hochbegabten Nerd habe ich echt noch nicht geknutscht, aber ich bin immer für neue Erfahrungen offen.«

»Freu dich nicht zu früh«, beende auch ich nun unser Gespräch und mache mich schleunigst vom Acker. Das Mädchen nervt.

Aber die Anstrengung hat sich doch schon mal gelohnt.

Es wäre so schön, wenn Sofie wieder ganz mir gehören würde, mit Haut und Haar und Herz! Zwischen uns passt einfach kein Typ! Punkt!

Als es zur Stunde klingelt, taucht Sofie wieder bei mir auf und ich beantworte ihre Frage, was ich bei unserer Lieblingsfeindin gemacht habe, ausweichend.

»Sie hat mich über dich und Jean-Pascal ausquetschen wollen, aber ich habe ihr erklärt, dass ihr eine ganz besondere Beziehung habt, weil ihr beide so hochbegabt seid … also … sie versteht das nicht, glaube ich.«

»Muss sie auch nicht«, meint Sofie locker. »Ist nicht jeder so ein Hormonopfer wie ihre Typen und sie.«

Ich nicke zustimmend. »Das, äh, habe ich ihr auch

gesagt … so … äh … ähnlich jedenfalls. Gehst du eigentlich mit ihm?«

Huch, das hätte mir jetzt nicht rausrutschen müssen.

Sofie bleibt abrupt auf der Treppe stehen und Kevin brettert mir ins Kreuz.

»WIE meinst du das?«, fragt sie, ohne Rücksicht auf meine geprellte Hinterseite.

»Geht weiter, Leute«, blafft Kevin und schubst mich so heftig, dass ich gegen Sofie knalle und wir beide Sekunden später auf der Treppe liegen. Aua!!!

Kevin und seine Kumpel steigen einfach über uns hinweg, und ich bekomme Panik. Glücklicherweise stoppt im selben Moment Herr Rotzeck bei uns und hilft erst Sofie und dann mir wieder auf die Füße.

»Seid ihr okay oder wollt ihr sicherheitshalber mal beim Sani-Dienst vorbeischauen?«

Klar, warum nicht? Ich nicke und ziehe Sofie mit in Richtung Verwaltungstrakt.

»Was sollte das eben eigentlich?«, fragt sie und wirkt noch etwas benommen von dem Sturz.

»Was meinst du?« Bin ich ebenfalls ein bisschen verpeilt.

»Die Frage, ob ich mit Jean-Pascal gehe, warum fragst du so was?«

»Reines Interesse, schließlich bist du meine beste Freundin, da interessiert es mich doch, was du so für Beziehungen hast …«

»Ich habe keine Beziehungen!«, knurrt sie.

»Ach so, na dann ist es ja gut … dann habt ihr sicher auch noch nicht geknutscht oder? Meinst du, Jean-Pascal hat überhaupt schon mal ein Mädchen geküsst?«

Jetzt wirkt Sofie doch ein wenig verwirrt.

»Und wenn es so wäre … was geht es dich an?«

»Nichts, gar nichts … ich habe nur mal so drüber nachgedacht …«

»Denk nicht, Motzi, dazu ist dein Gehirn zurzeit sowieso nicht in der Lage, da kommt nur Unfug bei raus.«

Na, wenn sie meint.

Wir sind beim Sani-Raum, und während Sofie durchgecheckt wird, dämmert mir so langsam, was ich da eben mit Priscilla abgezogen habe, und mich beschleicht das schlechte Gewissen.

So gerne ich Sofie auch wieder ganz für mich hätte, ist so eine Wette nicht doch ziemlich daneben? Ich muss mal wieder einen Totalausfall auf dem Verschiebebahnhof in meinem Gehirn gehabt haben.

OMG! Hoffentlich behält Priscilla unser Gespräch für sich und Sofie kriegt nie, nie, nie etwas davon spitz.

Still oder schrill?!

Als ich nach der Schule nach Hause komme, bin ich fix und alle. Also erkläre ich den Rest des Tages zu meinem *stillen Tag*. Ich ziehe mich in mein Zimmer zurück und möchte von meiner Familie und der übrigen Welt tunlichst nicht mehr gestört werden. Jedenfalls bis zum Abendessen.

Also, ich meine, ich bin jetzt auf still statt auf schrill gepolt. Ich brauche Ruhe und verbreite sie auch um mich. Rein in den bequemen, ausgeleierten Jogginganzug, Schild an die Tür *Bitte respektiert meine Meditation*, Duftkerzen an und dann aufs Bett gepflanzt. Noch den iPod in die Ohren und Augen zu. Aaaaaaah – jetzt Tiefenentspannung. Herrlich!

Niemand zeigt mit dem Finger auf mich und beschwert sich, dass meine Eisenbahnwaggons auf dem Verschiebebahnhof in meinem Gehirn wieder mal neben der Spur sind.

Keiner meckert über mich und, oh Wunder, mir fehlt das nicht mal.

Meine Mam meint ja, ich hätte mit der Lizenz zum Motzen auch gleich die Rolle als Agent Provocateur mitgepachtet. Sie hält mich also für eine notorische

Unruhestifterin. Aber weder mir noch der »Jugend von heute« traut sie was »nachhaltig Revolutionäres« zu.

»Warum auch, ihr habt doch alles«, meint sie immer, wenn ich gegen diese Sichtweise protestiere. »Opposition ist doch kein Selbstzweck.«

Stimmt, ich könnte sicher auch mal einen ganzen Tag ohne Publikumsbeschimpfung auskommen. Also nahezu unsichtbar durch meinen Alltag gehen. Doch, das würde ich hinkriegen.

Ich brauche nur am Frühstückstisch keine Debatte über meine löchrigen Jeans als Schulkleidung auslösen und in der Schule wegen besagter Jeans nicht auffallen, weil ich sie nämlich einfach nicht anziehe …

Ich könnte auch ausnahmsweise meine Gedanken im Griff behalten und nicht in fremde Welten abschweifen, sondern geistig im Klassenraum anwesend sein …

Und auch sonst müsste ich keinen Stress haben, wenn ich einfach um Gerrit, Priscilla & Co einen Bogen machen würde.

Selbst die Beziehungskiste, die Miss Sofie mir mal wieder zuschieben will, könnte ich einfach ungeöffnet lassen.

Doch, es gibt diese Tage, an denen ich sogar meine sprichwörtliche, motzimäßige Neugier bezwingen kann und so 'n Ding nicht auspacke.

Na gut, was soll auch schon groß drin sein? Auf ein Date mit Manu bin ich wirklich nicht scharf, nachdem er mich bei seinem letzten Konzert im Jugendzentrum wegen Priscilla einfach ignoriert hat.

Ich hatte ja so was von Wut im Bauch. Wäre mir das an einem meiner stillen Tage passiert, hätte ich ihm allenfalls ganz lässig gesagt: »Es ist Silikon, Manu, was sie in den Möpsen hat. Giftiges Silikon. Ich wollte dich nur warnen. Die haben es grade weltweit zurückgerufen.«

Was wäre das für ein Genuss gewesen! Ich meine, auch wenn es nicht so ist, wäre es doch eine vollendete Retourkutsche gewesen.

Mein ist die Rache, spricht der Herr. Kann sein, dass er sich das Recht, sie auszuüben, ebenfalls vorbehält, aber nicht mit mir!

Na gut, steht heute eh nicht zur Debatte. Ich muss erst mal mit mir selber wieder klarkommen. Am besten verdränge ich jetzt Priscilla & Co und diese dämliche Wette und bete, dass sich Jean-Pascal als ein lieber, hochbegabter Nerd mit fetter Entwicklungsverzögerung und rein geistigen Interessen entpuppt, der mit so einer hohlen Tussi sowieso nichts anfangen kann. Dann gewinne *ich* die Kinokarten und mache mir mit Sofie einen wunderbaren Filmnachmittag und alles ist wieder in Butter. So – jetzt aber weg mit diesem ganzen Beziehungskram.

An meinen stillen Tagen habe ich überhaupt keine Aggression in mir und darum auch keine Rachegelüste. Ich bin einfach nur komplett durchgechillt. Von der Gehirnbaustelle bis zu den Stinkefüßen.

Hm, das erinnert mich daran, dass ich auch noch dringend ein paar neue Sportschuhe brauche ... *Nikes*, die gibt es jetzt auch in neonfarbener Batikoptik. Ich liebe die!

Meine Eltern eher nicht, darum haben mir sowohl Mama als auch Papa das Bekleidungsgeld dafür gesperrt.

»Was Vernünftiges«, hat Mama gesagt, »kauf was Vernünftiges.« Das heißt nichts anderes als: »Kauf was möglichst Langweiliges.«

Eltern haben einfach einen grauenhaften Geschmack.

Also, wenn ich so, wie die es gerne hätten, in die Schule gehen müsste, dann würde ich echt eine Lanze für Schulkleidung brechen. Ich würde sogar mit einem Plakat um den Hals in der großen Pause auf dem Schulhof Werbung dafür machen. Dann könnte sich Priscilla gleich ihren Minirock und die hautengen Tops abschminken.

Mir ist plötzlich nach Sofies Psychoanalytiker-Couch. Also der von Sigmund Freud, die sie dem großen Psychoanalytiker nachgebaut hat. Die ist megagemütlich. Ein Bild könnt ihr auf meinem Blog sehen, auf Miss Sofies Beraterseite.

So 'n Sofa, wo man alle viere von sich strecken kann, hat ja schon was Entspannendes ... mein Bett ist da nur ein schlapper Ersatz. Und wenn man dann noch in Hypnose versetzt wird ...

Na gut, erwähnt hat Miss Sofie es schon mal, aber ich würde das ja nie mit mir machen lassen. Hypnotisieren.

Zu der Zeit von Freud, also so um 1900 herum, war das ja richtig *in*. Aber heute sieht man solche Dinge doch etwas anders. Ich auch. Selbst an meinen stillen Tagen ziehe ich es vor, die Kontrolle über mich und mein Leben in der Hand bzw. im Kopf zu behalten. Auch wenn ich Sofie dadurch möglicherweise ihren Therapieerfolg bei mir versaue. Okay, das ist aber zwischen uns klar.

Also pilgere ich noch mal kurz zu Sofie rüber, mache mich bei ihr lang und erlebe eine ungeplante Überraschung, die mich aus meiner friedlichen Stimmung gleich wieder rauskatapultiert.

»Du bist ein Beziehungskrüppel«, diagnostiziert sie nämlich beinhart. »Es tut mir leid, dir das sagen zu müssen, Motzi, aber ich glaube, du hast inzwischen eine echte Abneigung gegen Jungs entwickelt.«

Na ja, das ist nun noch nicht ehrenrührig. Zwei Drittel unserer Lehrer haben so eine Abneigung garantiert auch, sonst würden sie die Kerls nicht ständig zur Ordnung rufen und mit Strafarbeiten überhäufen. Junge und in der Pubertät zu sein, ist schon kein ganz einfaches Los. Da ist man nichts anderes als Bodensatz, schleimige Sumpfschicht im See des Lebens. Lehrer werden nicht gerne ständig im Unterricht gestört durch die Blähungen, die dadurch aufsteigen – im See meine ich, durch die Gärungsgase in den Algen. Ähm, ja … Keine gute Metapher?

O.k., ich liege also auf Sofies Psychoanalytiker-Couch.

»Gut, noch mal von vorne. Wenn du mit meiner Diagnose nicht einverstanden bist – was fehlt dir sonst noch?«, fragt Sofie zunächst auch ganz harmlos.

»Nichts. Ich bin voll gechillt.« Antworte ich genauso entspannt.

»Was willst du dann hier?«

Und da fällt mir wieder ein, dass sie mir ständig einzureden versucht, ich müsste mich mal wieder mit Manu treffen. Weil frau so einen coolen Jungen doch nicht einfach aufgibt.

Ich gebe ihn nicht einfach auf. Ich will nur nichts von ihm.

Vielleicht kapiert sie es heute endlich. Also nehme ich einen Anlauf und antworte auf ihre Frage: »Die Sache mit Manu mal in Ruhe klären. Ich *will nichts* von dem Typ!!!«

»Das nennst du in Ruhe klären? Brüll mich nicht so an.«

»Mensch, ja, selbst im Entschleunigungsmodus nervt mich deine Kuppelei.«

»Ich kupple nicht! Jedenfalls *dich* verkupple ich nicht.«

»Ist ja interessant? Wen denn dann? Machst du meiner Mam und ihrer Partneragentur Konkurrenz? Wieso weiß ich davon nichts?«

»Weil es dich vielleicht nicht interessiert hat?!«

»Wie sollte es das, wenn du mir nie ein Sterbenswörtchen davon gesagt hast?«

»Es, es ist eher noch in der Versuchsphase … ein Selbstversuch sozusagen … egal. Auch Freundinnen müssen ihre Geheimnisse haben.«

»Aber doch nicht voreinander! Ich bin enttäuscht, Sofie!«

Und das war die volle Wahrheit. Ich hasse ihre Geheimniskrämerei, besonders natürlich, wenn es um Dinge geht, die mich betreffen. Und so eine Kuppelei, hm, betrifft mich ja sogar ziemlich heftig. Denn ich nehme es ihr nicht ab, dass sie sich ausschließlich um sich selbst und Jean-Pascal kümmert und nicht auch bei mir und Manu etwas drehen möchte. Dafür hat sie viel zu gerne ihre Finger in meinem Leben.

»Du bist eine Verräterin«, sage ich und entschuldige mich sofort wieder, denn das ist wirklich zu hart, niemals würde Sofie mich verraten … oder doch? Es ist doch Verrat, wenn sie hinter meinem Rücken versucht, mich mit einem Jungen zu verkuppeln, wo ich von den Kerls die Nase gestrichen voll habe.

Sofie steht auf. »Komm erst mal ein bisschen runter, Motzi, dann reden wir weiter«, sagt sie und verschwindet aus dem Zimmer.

Ist sie jetzt sauer?

Hm, irgendwie kränkelt mich plötzlich mein eigenes schlechtes Gewissen an.

Wer bin ich eigentlich, dass ich meiner Freundin solche Dinge vorwerfe? Alles das habe ich doch heute

Morgen in der Schule auch selbst gemacht. Hinter ihrem Rücken mit Priscilla, ganz heimlich … Ich bin die eigentliche Geheimniskrämerin und Verräterin! Jedenfalls kein bisschen besser als Sofie!

Ich fühle mich sauschlecht. Was bin ich nur für eine miese Freundin. Ich muss sofort alles beichten, Sofie muss mir verzeihen und dann halten wir beide gemeinsam Priscilla davon ab, sich an Jean-Pascal ranzumachen.

Ja, das tun wir!

»Sofie?«

Wieso ist die immer noch nicht wieder da? Wo steckt sie denn eigentlich? Sie kann mich doch nicht einfach mit geschlossenen Augen alleine hier liegen lassen. Das ist ja gemein. Selbst wenn sie beleidigt ist, gehört sich das nicht.

»Alles okay bei dir?«, fragt die Vermisste im selben Augenblick und steckt den Kopf kurz zur Tür herein. »Du hast so übermüdet gewirkt. Schlaf ruhig noch ein bisschen weiter. Ich gucke dann mal eben einen Film über die Bedrohung des Regenwaldes durch Ölfirmen in Ecuador.«

Gähn! »Dann fröhliches Weltretten!«, werfe ich ihr unseren Wahlspruch hin. »Wenn es dir nichts ausmacht, ratze ich tatsächlich mal 'ne Runde. Muss die Frühjahrsmüdigkeit sein.«

Schon fallen mir die Augen wieder zu. Bin ich wirklich so tiefenentspannt oder will ich einfach nicht mehr an meine Aktion mit Priscilla denken? Die ist mir selber inzwischen ja sooo peinlich. Madre mia!

Aber warum hat Sofie nicht mal ein paar sinnvolle Fragen auf Lager? Heute wäre ich ein ergiebiger Patient für ihre Psychoanalyse. Ideal, um neue Abgründe zu entdecken. Sie müsste mich nicht mal hypnotisieren. Aber wenn sie nicht will, dann hat sie die Chance halt verpasst … In mehrfacher Hinsicht. Ich war wirklich drauf und dran, ihr die Sache mit Priscilla zu beichten. Aber wenn sie keine Zeit hat …

Ich seufze tief und werde nun ganz still, weil mir nichts anderes übrig bleibt. Keiner mehr da, den ich zutexten könnte.

Okay, ich trete dann mal weg. Bis später …

Als ich wieder aufwache, sitzt Sofie an ihrem Schreibtisch am PC.

»Wie spät ist es?«

»Du musst nach Hause.«

»Aha, willst du nicht wissen, warum ich wirklich zu dir gekommen bin?«

»Äh, nein … doch, ja, natürlich … gab es denn noch einen anderen Grund als dein Gemecker über meine nett gemeinten Versuche, deine Abneigung gegen Jungs zu kurieren? War mir gar nicht so bewusst.«

»Ich wollte eine psychoanalytische Beratung von dir.«

»Und warum hast du das nicht gleich gesagt?«

»Habe ich.«

»Nicht deutlich genug, ich hatte den Eindruck, du wolltest fern von deiner Familie nur etwas chillen. Wäre ja nicht ungewöhnlich.«

Das stimmte zwar, aber wir hätten ja statt über *meine* Beziehungskiste mal über die von ihr sprechen können. Dann wäre es mir bestimmt leichter gefallen, auf das Thema Jean-Pascal und Priscilla zu kommen. Aber es ist ja noch nicht zu spät.

»Du, Sofie, ich würde gerne noch was loswerden …«

»Mach, du weißt doch, wo die Toilette ist.«

Ich fühle, wie ich rot werde.

»Das, äh, habe ich eher nicht gemeint …«

»Was denn? Musst du nicht nach Hause?«

Ich trete hinter sie und schaue auf den Computermonitor.

»Mit wem textest du denn eigentlich?«

»Mit Jean-Pascal, entschuldige, aber wir müssen morgen ein gemeinsames Referat halten, und da haben wir noch etwas Abstimmungsbedarf.«

»Klar«, sage ich, »verstehe ich. Ciao dann.«

Ihr »Ciao« wirft sie mir hin wie einem Hund einen abgenagten Knochen.

Ich verlasse Sofies Zimmer, gehe allein zur Garderobe und zur Eingangstür. Ich verstehe nur eins: Jean-Pascal ist ihr wichtiger als ich!

Non, je ne regrette rien, singt in meinem Kopf Edith Piaf, mit deren Chansons wir uns im Französisch-Projekt beschäftigt haben. Nein, ich bereue nichts. Die Sache ist glasklar. Ich kann nicht zurück!

Ich muss unsere Freundschaft retten, notfalls auch mit Priscillas Hilfe!

Warum sind heutzutage alle Menschen so korrekt?

Ehrlich, ich komme mir manchmal wie der letzte Abschaum vor, weil ich – offenbar im Gegensatz zu anderen Menschen – ziemlich oft »schlechte« Gedanken habe. Die schließen mich selber zwar auch ein, aber sie gehen nicht immer freundlich mit meiner Umwelt um.

Gut, nun könnte ich anführen, dass meine Umwelt mit mir auch nicht eben freundlich umgeht, aber das kann auch daran liegen, dass ich eine unverbesserliche Motzkuh bin und da die Tierliebe der meisten Menschen aufhört. Aber auch Motzkühe wie ich haben ein Herz und sehnen sich nach Streicheleinheiten.

Bisher habe ich die ja auch von meiner Familie gekriegt, aber die scheinen mit der Pubertätsseuche nicht so wirklich klarzukommen und meckern alle nur noch an mir rum. Da ist es wirklich meine Rettung, dass ich Sofie habe. Also bisher jedenfalls. Ich leide darum ziemlich darunter, dass sie in letzter Zeit so viel anderes zu tun hat. Präziser gesagt: mit Jean-Pascal zu tun hat, statt mit mir! Das ist bedenklich und betrüblich.

Meine Familie kennt ihr ja, jetzt nachdem Papa meine Einwilligung für die Zahnkorrektur hat, ist er kaum noch kooperativ. Von wegen, eine Tochter ist der »Augenstern« des Vaters. Das war bei mir vielleicht im Kindergarten- und Grundschulalter so. Aber jetzt? – Denkste!

Seit ich fast Veganerin bin und bei Papas Burger-Filialen immer nur Vegi-Burger bestelle, findet er mich ziemlich blutarm und versucht ständig, mir seine Matschbuletten aufzuschwatzen und ist richtig sauer, wenn ich nicht akzeptiere, dass seine Burger nur aus dem allerbesten Fleisch von fröhlichem Weidevieh stammen.

In dem Punkt gebe ich aber nicht nach – Burger sind mir einfach über, selbst wenn er tausendmal erklärt, dass er damit das Geld verdient, mit dem er unser kostspieliges Leben finanziert.

»Kein Mensch macht sich klar, was Kinder so kosten«, nölt er ständig, wenn ich mal ein paar Euros extra brauche, für die Klassenfahrt oder für Klamotten.

Ich glaube zudem auch, was Miss Sofie sagt, dass nämlich vegetarische Burger zu essen, politisch korrekter ist. Immerhin sterben dafür keine Tiere, sondern nur Tomaten und Salatblätter.

Aber Papa will seine Filialen auf keinen Fall auf fleischfrei umstellen … Dafür isst er selber viel zu gerne ein saftiges Steak.

Okay, ich schweife ab. Was ich ja nur sagen wollte, ist Folgendes:

Warum verhalten sich alle Menschen in meinem Umfeld so überaus korrekt? Sie verplappern sich nie, wählen ihre Worte mit Bedacht und so, dass sie niemanden damit verletzen. Sind freundlich zu jedermann, erfolgreich in Schule und Beruf, weil sie ihren Pflichten freudig nachkommen, ihre Durchhänger werden milde geduldet und sie kompensieren diese allenfalls durch erhöhten Action-Output im Anschluss daran. Die *brennen* für das, was sie tun, und anders als ich kennen sie keinen Überdruss und *burnen* darum niemals *out*.

Jeder mag sie, sie mögen ebenfalls jeden und vor lauter Gutmenschentum glänzen sie wie ein frisch eingeölter Tourist am Strand von Mallorca. Soweit alles perfekt.

Doch dann stehe ich plötzlich in dieser heilen Wunderwelt und frage provozierend, warum man immer noch Nerze züchtet, die süßen Viecher brutal totschlägt und ihnen halb lebendig das Fell vom Körper zieht. Oder warum man vor der italienischen und griechischen Küste immer noch Flüchtlinge ertrinken lässt und Grenzzäune um ganz Europa baut?

Das hört dann niemand gerne … und Antworten gibt's auch nicht, aber an das Gute im Menschen soll ich glauben. Einfach so … Die Erwachsenen verlangen manchmal ziemlich viel von uns.

Denn der *Mensch heißt Mensch, weil er vergisst … weil er verdrängt* … Na gut, Grönemeyer sieht das nicht ganz so einseitig.

Es stimmt ja, dass der Mensch *irrt* und vieles einfach hinnimmt, was geschieht. Oft verschließt er die Augen, *kämpft* aber andererseits auch um eine bessere Welt, weil er *hofft* und *liebt* und *mitfühlt* ...

Es gibt diese schönen Momente des Lebens, wenn Hilflosen geholfen wird und alle zusammenstehen ...

Das macht schon Mut. Weil ich dann spüre, dass hinter diesen überkorrekten Fassaden der Erwachsenen ... ja, sogar bei unserer Bundeskanzlerin ... genauso eine Spontaneität steckt wie in mir. Und erstaunlicherweise ecken die damit manchmal genauso an wie Motzi Morgenroth, der größte Dickkopf des Universums.

Woher ich das weiß? Kriegt man beim Surfen im Netz doch ganz nebenbei mit. Das Internet weiß alles – mitunter schon, bevor es passiert ist. *g*

Meine Mutter hat als Psychologin ja in viele Seelen geschaut und glaubt trotzdem, dass der Mensch grundsätzlich gut ist. Wäre es anders, meint sie, müsste sie ihren Job an den Nagel hängen, bei den Abgründen, die sich ihr manchmal auftun.

Uhuuuu! In welche Abgründe sie wohl bei mir geblickt hat, als ich ihr gestanden habe, dass ich total eifersüchtig auf Jean-Pascal bin?!

Wir hockten gemütlich bei einer Tasse Schokolade in der Küche, das ist immer eine gute Gelegenheit zu einem Mutter-Tochter-Gespräch. Machen wir beide gerne. Doch, hat was. Mütter sind heute schon ein bisschen große Schwester und Freundin. Meine jedenfalls.

»Er klaut mir Sofies Liebe«, habe ich ihr vorgejammert. »Ich hasse ihn, ich könnte ihn an die Wand klatschen …« Mein Aggressionsstau brach sich ungehemmt Bahn und Mama wiegte mehrmals bedenklich den Kopf.

»Motzi, Motzi!«, meinte sie aber voll positiv gepolt. »Du verrennst dich da in was. Du musst das Ganze viel entspannter sehen. Schau, in der Pubertät wächst nun mal das gegenseitige Interesse der Geschlechter aneinander. Warum sollte Sofie da eine Ausnahme sein? Du selbst hast ja auch unbedingt erste Erfahrungen sammeln wollen. Soweit ich mich erinnere, hast du mich ziemlich gründlich über das Küssen, die Liebe und die hormonellen Umstellungen in der Pubertät ausgequetscht. Dass du noch nicht den richtigen Jungen gefunden hast, ist schade, aber kein Drama. Der findet sich schon noch und es ist auch ehrlich gesagt noch ein bisschen früh …«

»FRÜH?!!!« Bin ich ihr ins Wort gefallen. »Auf welchem Exoplaneten lebst du denn? Ich hinke voll hinterher. Priscilla knutscht schon seit der Sechsten ständig herum, und wenn nun selbst Sofie einen Typ abschleppt, dann ist das doch alarmierend! Ich bin nicht *zu früh* sondern *entwicklungsverzögert!* Macht dir das denn keine Sorgen? Was bist du nur für eine Mutter!?«

Ähm, ja. Da war sie wieder, die Motzkuh, brach wie bei einer Rinderhatz in der Argentinischen Pampa aus mir raus und trampelte alles nieder, was in Mam an gutem Willen und liebevoller Zuwendung vorhanden war.

»Motzi!«, reagierte sie auch sofort etwas angeranzt. »Bitte nicht in diesem Ton. Ich bin ja nun wirklich immer für dich da und versuche auch jetzt gerade wieder, dir zu einem normalen Blick auf die Dinge zu verhelfen. Ich weiß wirklich nicht, von wem du diesen Negativismus hast.«

»Vielleicht von Tante Amalie?« Die hat ja als Einzige aus der Familie ständig was zu meckern. Selbst die Löcher in meiner Designer-Jeans stören sie.

Mama lachte. »Na, wenn du mit der in einen Sack gesteckt werden willst. Bitte sehr! Ich würde mir an deiner Stelle aber andere Vorbilder suchen.«

»Klar, Mutter Teresa oder Angela Merkel?«

»Motzi, Zynismus finden die Menschen an einem jungen Mädchen wie dir auch nicht grade charmant. Sieh die Sache mit Sofie und Jean-Pascal doch mal positiv. Es ist eine Chance für dich, hautnah mitzuerleben, wie so eine erste Liebe funktionieren kann. Du könntest daraus fürs Leben lernen.«

»Klar, ist ja auch ganz einfach zu übertragen, was zwei hochbegabte Nerds in diesem Punkt so abziehen. Ich kenne niemanden, der mit mir einen Lyrik-Workshop für zwei machen würde oder bei Gesprächen über Mathe-Olympiaden Herzflattern kriegt. Vintage-Klamotten findet kein Junge aus meiner Klasse gut und Mädchen mit Brille sind genauso beliebt wie welche mit Zahnspangen ...«

Oha, das Thema hätte ich jetzt besser nicht anschneiden sollen, denn sofort sprang Mam darauf an: »Wo du es erwähnst, Motzi, das müsste jetzt auch allmählich mal gemacht werden. Onkel Dieter verliert langsam die Geduld. Wolltest du nicht am Dienstag zu ihm in die Praxis gehen? Er meint, du hättest dich nicht einmal abgemeldet. Das ist wirklich unhöflich. Wenn du zurzeit keinen Freund hast, wäre das doch die beste Gelegenheit, um ...«

»Stimmt!«, blockte ich den nun üblicherweise folgenden Vortrag ab. »Aber ich bin grade ziemlich im Stress. Und ganz sicher bin ich mir auch nicht mehr. Ich wollte Papa ja entgegenkommen, aber irgendwie ist meine Lücke mein Markenzeichen. Manu hat sie immerhin süß gefunden, und wenn ein cooler Sänger das so empfindet, dann mögen sie sicher auch andere Jungs. Ich verbaue mir doch nicht alle Chancen durch eure zweifelhaften Schönheitskorrekturen! Das sieht ja selbst Hollywood lockerer.«

Mam stand auf und räumte ihre Tasse in die Spülmaschine. »Kind, es ist hoffnungslos. Du bist ja nur noch auf Opposition gepolt und hast einen derartigen Dickkopf, dass ich wirklich nicht mehr weiterweiß. Ich hoffe, dass deine Hormone bald mal in ruhigeres Fahrwasser kommen und nicht ständig aufwallen wie in einem sturmgepeitschten Meer. Und dein Gehirnumbau könnte auch allmählich mal Fortschritte machen.«

Sie grinste mich noch einmal ziemlich frech, aber auch irgendwie liebevoll an. Doch, das kriegt sie hin!

»Gut Ding will Weile haben, Motzi«, sagte sie und verabschiedete sich mit einem milden und korrekten: »Ich bin da ganz zuversichtlich.«

Ich stand mal wieder beschämt da und fühlte mich mies, unvollkommen, chaotisch und peinlich zugleich.

Was hat sie gesagt? Ich soll mir ansehen, wie das bei Sofie und Jean-Pascal läuft? Schnapsidee! Oder, hm, vielleicht doch nicht ... meine Mutter ist eine ziemlich kluge Frau ...

He, Motzi, Augen und Ohren auf, da kannst du was fürs Leben lernen! Aber was ist, wenn das Leben und auch Motzi längst andere Pläne haben? Völlig durchgeknallte Pläne. Jedenfalls kommt es mir inzwischen so vor. OMG, wie peinlich!

Ich sollte unbedingt mit Priscilla reden und diese blödsinnige Wette rückgängig machen, bevor sie irgendetwas Unüberlegtes tut.

Da kommt was ins Rollen ...

... aber ich müsste lügen, wenn ich behaupten würde, ich wüsste genau, was ich da losgetreten habe. Sind nur ein paar Steinchen ins Kullern gekommen oder habe ich gar eine Lawine ausgelöst, die mich und Sofie in einen Abgrund reißen wird?

Merde! Wann lerne ich, meinen Verstand einzuschalten, bevor ich wilden Aktionismus entfalte? Mit einer Gehirnbaustelle kann man nicht alles entschuldigen.

Priscilla lässt echt nichts anbrennen. Als Sofie am nächsten Morgen in der kleinen Pause wieder übertrieben hektisch aus der Klasse stürzt, rennt sie sofort hinterher. Ich natürlich ebenfalls, denn das muss ich schließlich im Auge behalten, nicht dass Priscilla da womöglich was über mich ausplaudert. Tut sie aber nicht.

Ich sehe aus sicherer Entfernung, durch eine Säule verdeckt, wie sie megalässig an Sofie vorbeischlendert, die mit Jean-Pascal vor dessen Klasse steht und eifrig auf ihn einredet. Plötzlich hält Priscilla an, dreht sich um und geht zu den beiden zurück.

Ich stelle meine Lauscher auf und höre, wie sie sagt: »Ach, entschuldige, bist du nicht Jean-Pascal?«

Der starrt sie verwundert an, genau genommen starrt

er allerdings eher ihre Brüste an. Nicht weil er so klein wäre, sondern weil er den Blick gesenkt hatte und beim Aufblicken offenbar da kleben geblieben ist.

Ich muss grinsen, wie es scheint, ist er in der Hinsicht doch ein ganz normaler Junge. LOL.

Priscilla hat natürlich mitgekriegt, wo sein Blick verweilt, und Sofie wohl auch. Jedenfalls mischt sich meine Allerbeste sofort ein und es klingt direkt etwas besitzergreifend, als sie schnappt: »Wir sind grade im Gespräch, Priscilla. Du störst.«

Das sieht Jean-Pascal allerdings anders, denn er fällt ihr in den Rücken und sagt sehr ruhig, während er langsam seinen Blick von Priscillas »Melonen« abzieht und zu ihrem Gesicht hochwandern lässt: »Wir sind doch eigentlich fertig, Sofie. Den Rest kriegt jeder von uns allein hin.« Dann wendet er sich direkt Priscilla zu. »Entschuldige, Sofie ist immer so arbeitswütig, da hasst sie jede Störung. Kann ich dir irgendwie helfen?«

Ich sehe Sofie nur von hinten, aber ich wette, sie hat vor Wut jetzt Schaum vor dem Mund.

Priscilla stützt eine Hand in ihre superschmale Taille und schiebt dabei die Hüfte etwas raus. Das sieht ziemlich sexy aus.

Das findet Jean-Pascal wohl auch. Denn er wiederholt etwas geistesabwesend: »Womit kann ich dir helfen?«

Priscilla zögert. »Ich … also, ich bin Priscilla und meine Freundin Karlotta, sie ist in deiner Klasse, hat mir erzählt, dass ihr schon eine Lektion in Französisch weiter seid. Ich will dich wirklich nicht belästigen, aber meine Eltern meinen, ich sollte mich mal nach einem Mitschüler umsehen, der mir etwas Nachhilfe gibt … Also nicht umsonst, sie zahlen ganz anständig dafür …« Sie lacht etwas geziert. »Wobei ich weiß, dass man so etwas eigentlich gar nicht bezahlen kann. Wer *mir* Nachhilfe gibt, der muss verrückt sein oder ein Helfersyndrom haben …«

Jean-Pascal lacht ebenfalls, Sofies Kehle entringt sich ein unartikulierter Laut, der entfernt an das Wutschnauben eines wild gewordenen Ponys erinnert, und mir verschlägt es tatsächlich die Sprache bei so viel Raffiniertheit.

Priscilla ist ja richtig clever, das hätte ich ihr so nun wirklich nicht zugetraut. Langsam wird mir die Sache unheimlich. Jean-Pascal wird auf diese Masche hoffentlich nicht reinfallen?!

Scheinbar doch. Ich höre zwar noch, wie Sofie knurrt: »Such dir jemand anderen, Priscilla, Jean-Pascal ist nicht käuflich …«, aber der nichtkäufliche Jean-Pascal unterbricht sie und schlägt vor: »Ich weiß nicht, ob deine Eltern da nicht andere Ansprüche haben, aber ich bin in Franz wirklich ganz gut. Lass uns doch in der großen Pause noch mal darüber sprechen. Jetzt klingelt es eh gleich …«

Und zur Bestätigung seiner Worte geht auch schon die

Schulglocke und alles strömt wieder in die Klassen zurück.

Sofie dreht sich ohne ein weiteres Wort um und kommt auf mich zugerast. Sie tut mir ganz furchtbar leid und ich könnte mich echt in den Hintern beißen, weil ich Priscilla auf Jean-Pascal gehetzt habe. Ich versuche, sie also zuerst mal zu trösten.

»Ist was, Sofie? Ist was mit Jean-Pascal? Habt ihr euch gestritten?«

Sie starrt mich mit einem total finsteren Blick an. »Ich streite mich nicht mit Jean-Pascal!«

Ich stelle mich unwissend. »Aber ... es ... sah so aus ... was wollte denn Priscilla von euch?«

»Nichts. Das heißt, sie hat Jean-Pascal was gefragt.«

»Was denn?«

»Ob er ihr Nachhilfe geben kann und stell dir vor, sie hat ihm tatsächlich angeboten, ihn dafür zu bezahlen!«

Hm, das finde ich jetzt noch nicht so schlimm, schlimmer wäre es, wenn sie ihn *nicht* dafür bezahlen würde, denn dann täte er es ja nur für ... hm, ich denke das jetzt besser mal nicht weiter.

Also sage ich, bevor Herr Rotzeck in die Klasse kommt, nur noch schnell: »Ist das so ungewöhnlich? Bei seiner Intelligenz ist er doch sicher ein begehrter Nachhilfelehrer. Hat sich wohl bis zu Priscilla rumgesprochen. In Franz ist sie ja wirklich keine Leuchte ...«

Uups, jetzt habe ich mich hoffentlich nicht verplappert … Sofie soll ja nicht merken, dass ich das Gespräch belauscht habe. Aber sie starrt mich nur missmutig an, und da Rotzeck jetzt seine Bücher auf den Lehrertisch wuchtet und gleich die Tafel aufklappt, können wir nicht weiterreden. Sofie muss, falls sie noch eine Frage dazu hat, leider an der ersticken … äh … bildlich gesprochen … sie kann sie natürlich auch einfach runterschlucken.

Was sie dann wohl auch macht, denn sie spricht ganz normal, als Rotzeck sie bittet, das Stundenprotokoll vorzulesen.

Wieder einmal kann ich mich nicht wirklich konzentrieren, denn mein Blick wandert ganz automatisch zu Priscilla. Als sie merkt, dass ich sie beobachte, grinst sie breit und selbstgefällig und mir wird fast schlecht. OMG, was habe ich da bloß angerichtet?!

In der Nacht wache ich schweißgebadet auf.

Auf meiner Bettkante sitzt das weiße Riesenkaninchen. Das mit der Riesenzahnlücke und den Brekkies … Ihr wisst schon.

»Was willst du? Ich habe doch meine Einwilligung zur Zahnkorrektur gegeben. Du brauchst nicht mehr durch meine Träume geistern.«

»Darum geht es nicht«, sagt es und mümmelt an einer Möhre. »Ich habe einen neuen Job.«

»Aha, warum übst du den dann nicht aus, sondern nervst mich mitten in der Nacht?«

»Ich übe ihn ja aus.«

»Häh?«

»*Du* bist mein Job. Ich bin ab sofort dein Gewissen.«

»Nee, nicht wirklich? Das ist ein Scherz!«

»Sieh es, wie du willst. Meine Auftraggeber meinen, dass dir ein Zusatzgewissen nicht schaden könnte, du scheinst da irgendetwas Bedenkliches gemacht zu haben … man hört so was munkeln …«

Ich sitze aufrecht im Bett und schnaube wütend: »Was munkelt man, he?! Was, was wird gemunkelt? LOS! Raus damit!«

»Nun, diese Sache mit Miss Sofie und Priscilla … diese Wette … das kommt nicht gut an, Motzi …«

Verdammte Kiste, das weiß ich selber, dazu brauch ich kein klugschnackendes weißes Riesenkarnickel auf meiner Bettkante.

»Schleich dich!«, knurre ich es also an. »Ich weiß selber, was ich tue, ich brauche deine Ratschläge und Ermahnungen nicht.«

Es wiegt bedenklich den Kopf, wobei seine Ohren leicht aufflattern, was unbeschreiblich albern aussieht. Nun zuckt es seine mageren Schultern. »Na, wenn du meinst … dann sieh zu, wie du klarkommst …«

Es beginnt sich im wahrsten Sinne des Wortes zu verdünnisieren, wird immer fadenscheiniger und ist schließlich ganz verschwunden. OMG!

Ich reibe mir die Augen. Was für ein Albtraum!

Aber eins ist klar, ich habe Mist gebaut und kann jetzt nur hoffen, dass Priscilla nicht wirklich Bock auf Französisch-Nachhilfe von einem hochbegabten Nerd hat und ihr ausnahmsweise auch mal nicht der Sinn danach steht, anderen Mädchen den Boyfriend auszuspannen. Sonst bin ich verloren.

Ich sinke in den Schlaf. Er ist traumlos, kurz und schwer.

Ruhe vor dem Sturm?

Nächster Morgen in der Schule. Kurz vor dem zweiten Klingeln.

Sofie flutscht auf ihren Platz neben mir. Neuerdings kommt sie meist als Letzte in die Klasse. Düst heute auch ganz knapp vor Gauß noch rein. Was macht sie so lange? Keine Frage: Mit Jean-Pascal im Flur abhängen.

»Wo kommst du jetzt erst her?«, zischle ich dennoch, um meine Vermutung bestätigt zu kriegen.

Sie zuckt nur die Schultern.

»Warst du bei Jean-Pascal?«

»Häh?«

»Ich wollte doch noch Mathe bei dir abschreiben.«

Daraus wird nun nichts mehr und ich fange mir ihretwegen eine Rüge von unserem Mathelehrer ein. Das hätte nicht sein müssen. Früher haben wir nämlich die Aufgaben immer zusammen gemacht, dann hat sie mich in letzter Zeit nur noch schnell abschreiben lassen und jetzt nicht mal mehr das. Richtig gemein ist das von ihr!

Ich gehe vor die Hunde, wenn sie mich weiter so behandelt. Sie kann doch nicht alle unsere Gewohnheiten einfach über Bord werfen und nur wegen einem JUNGEN!!!

Natürlich belauere ich Priscilla, aber die verhält sich erstaunlich unauffällig. Also was Jean-Pascal betrifft. Sie schnattert mit Gunda und ihren Gänsen wie immer und rennt auch nicht in der kleinen Pause hinter Sofie her in den Flur.

In der großen Pause ist sie ebenfalls mit ihrer Clique beschäftigt und so schöpfe ich Hoffnung, dass sie das Interesse an Jean-Pascal bereits wieder verloren hat. Sie gibt ja auch sonst nichts auf meine Meinung, vermutlich hat sie die Wette gar nicht ernst gemeint und längst vergessen. War vielleicht Zufall, dass sie grade Franz-Nachhilfe sucht und dabei auf Jean-Pascal gekommen ist. Muss mit unserem Gespräch gar nichts zu tun haben.

Nur Sofie, die macht mir immer noch Sorgen. Nicht nur wegen der fehlenden Hilfe bei den Mathe-Hausaufgaben.

Ich könnte echt verzweifeln, wenn da nicht doch hin und wieder diese schönen Momente wären, in denen es zwischen uns wie immer ist und in denen ich weiter an unsere Freundschaft glaube.

Gegensätze ziehen sich ja angeblich an, und für Sofie und mich kann ich das voll unterschreiben.

Unterschiedlicher geht es wirklich kaum, aber das hat was Prickelndes, ist wahnsinnig kreativ und steckt voller Überraschungen. Es ist etwas GAAANZ GROSSES und deswegen, haben wir uns ja auch ewige Freundschaft geschworen.

Genau aus diesem Grund sitzen wir am Nachmittag endlich mal wieder zusammen bei Sofie im Hinterhof in der breiten Astgabel des Ginkgo-Baums und basteln an unseren Freundschaftsarmbändern. Die hat Sofie auch ganz vernachlässigt, aber ich habe darauf bestanden, dass wir daran heute endlich mal weiterarbeiten.

»Na ja, dann komm halt vorbei«, hat sie gesagt, »Jean-Pascal hat heute sowieso Vorbereitung für das Schachturnier am Wochenende.«

Hm, es wurmt mich zwar, dass ich nur ein Lückenfüller bin, aber natürlich liegt mir genug an unserer Freundschaft, dass ich die Chance ergreife, mit Sofie mal ganz ruhig und positiv die Lage zu klären.

Das Wetter ist herrlich, die Frühlingssonne wärmt bereits richtig und das helle Holz des alten Ginkgo-Baums duftet aromatisch. Ich fühle mich hier immer regelrecht energetisch aufgeladen. Kein Wunder, denn Ginkgo-Extrakte sollen ja vor geistigem Verfall schützen. Beim gegenwärtig desolaten Zustand meines Gehirns wirkt bestimmt schon das Aroma belebend. Ich fühle mich jedenfalls sehr viel besser als noch heute Morgen in der Schule.

»Hach«, sage ich also richtig happy, »ich könnte mal wieder mit dir die Welt aus den Angeln heben, Sofie!«

Sofie lächelt nur milde über meinen Enthusiasmus und webt fleißig an ihrem Armband weiter.

Die neuen Armbänder werden wirklich wunderschön,

wir sind schon beide ganz verliebt in die Teile, obwohl sie noch nicht ganz fertig sind. Wir weben sie aus winzigen bunten Perlen, in hübschen Mustern und voll im Hippiestil. Mit einer Art Mini-Webrahmen und einer Perlennadel aus dem Bastelgeschäft geht es ganz leicht. Selbst ich, als Doppel-Linkshänder, komme damit klar und bin schon fast am Ende angelangt.

»Schau, Sofie, gefällt es dir? Ich dachte, ich mache dir hier zum Abschluss noch ein Dreieck mit violetten Perlen rein ... findest du das gut?«

Sofie beugt sich rüber und schaut sich mein Werk, das ein Meisterwerk zu werden verspricht, neugierig an.

»Sehr schön, Motzi, tolle Farbkombi, so ungewöhnlich, aber harmonisch ... du hast echt Talent für so was. Gefällt mir sehr!«

Sie freut sich wirklich, ich sehe es, weil sie mal wieder so richtig von innen heraus leuchtet. Hach, für dieses Leuchten würde ich ihr tausend Armbänder weben.

Sofie ist mit meinem noch nicht ganz so weit, aber ich finde es auch schon sehr toll.

»Denk mal mit dran, dass wir morgen nach der Schule noch ins Bastelgeschäft gehen und die Verschlüsse kaufen«, sage ich. Ich habe es jetzt schon mehrmals vergessen – klar bei dem Vakuum in meinem Gehirn.

Sofie behält sich so was, die hat ein phänomenales Gedächtnis, darum fällt ihr auch das Lernen so viel leichter als mir.

Also, ich bin nicht blöd, das nicht, aber auch nicht so ein Überflieger wie Sofie. Die ist eine echte Intelligenzbestie. Wobei sie natürlich keine Bestie ist, sondern ein nettes, leider ziemlich hochbegabtes Mädchen. Was sie zum Ärger ihrer Umwelt aber auch manchmal zu sehr raushängen lässt.

Ich habe mich daran gewöhnt. Ihr wisst doch: Kluge Freundinnen sind nicht zu verachten, man weiß nie, wozu man ihre Intelligenz mal brauchen kann. Es gibt nämlich genug Dinge, die in unserer Welt schieflaufen und wo Menschen mit intelligenten Lösungen wahre Wunder wirken können. Ich glaube, dass Sofie und ich ein geniales Team sind, und darum geradezu dafür geschaffen, um solche Wunder zu vollbringen. Und um endlich mal wieder gemeinsam mit ihr was Nachhaltiges zu planen, frage ich also: »He, Sofie, hast du irgendeine neue Idee, wie wir die Welt retten könnten?«

Sie schüttelt den Kopf. »Nein, Motzi. Ich mache mir darüber auch ehrlich gesagt keine Gedanken mehr.«

»WAS? Das war unser wichtigstes Projekt!«

»Stimmt, mit der Betonung auf WAR! Meins ist es zumindest nicht mehr. Nachdem wir die Sommerferien in Griechenland verbracht haben, solltest du doch eigentlich auch gemerkt haben, dass die Welt gar nicht gerettet werden will. Nicht mal die Griechen wollen gerettet werden … Alle wollen nur ihre Ruhe …«

»Ja, aber Griechenland ist doch nicht die Welt, das ist

nur ein winziger Staat in der EU … und … denk doch mal an Dimitrios, der würde gerne etwas Hilfe annehmen … also für seine Großeltern auf Santorini … Findest du nicht, dass man so nette Leute unterstützen müsste?«

»Klar finde ich das, Motzi. Also wenn ich es ganz persönlich und individuell sehe. Aber das rettet Griechenland nicht. Das ist ein Tropfen auf den heißen Stein.«

»Aber viele Tropfen können ein Meer füllen …«

»Ja, aber nicht die Ägäis oder so … und schon gar nicht die marode Staatskasse von Griechenland, die hat so ein riesiges Loch, dass da munter Milliarden durchsickern.«

Sofie spricht von Geld, ich spreche von Freundschaft … es ist das gleiche Problem, aber wir sehen es beide ganz anders. Das war schon im Sommerurlaub so. Dimitri hat das auch gemerkt.

Also Dimitrios …

… nur damit ihr Bescheid wisst, falls ihr noch nie auf meinem Blog wart – und den Post über meinen Griechenland-Urlaub im letzten Sommer nicht gelesen habt.

Also Dimitri geht in die Parallelklasse und rein zufällig hatte uns sein in Griechenland lebender Opa sein Ferienhaus vermietet und dann sind wir auch noch mit ihm im selben Flieger geflogen.

Dimitri musste seinem Opa nämlich Geld bringen, weil man in Griechenland wegen der Krise zu der Zeit nur ganz kleine Beträge von der Bank abheben durfte – das war so eine Art Zwangssparen – so als ob mein Dad sagen würde, ich dürfte von meinem Taschengeld jeden Tag nur fünfzig Cent ausgeben. Also dem würde ich was husten! Gut, das hätten die Griechen auch gern gemacht, ging aber wegen der Banken nicht. Darum hat Dimitri 'ne Menge Geld nach Griechenland mitgenommen, und weil man so viel Knete nicht einfach aus Deutschland ausführen und auch nicht so einfach nach Griechenland einführen durfte, hatte er die Scheine in seiner Unterhose versteckt.

Genau genommen hat er das Geld also geschmuggelt.

Es war wie in einem Krimi, voll aufregend. Hab darüber ganz meine Flugangst vergessen. Nur mir hat Dimitri es verraten. Weder meine Eltern noch Sofie hatten davon eine Ahnung, aber Stuart hat ihm die ganze Zeit auf den Unterkörper geschielt. Und als wir dann den Flieger verlassen haben, hat er ihn zweideutig angegrinst und gezischt: »Ganz schön was in der Hose, Kumpel!«

Oh Mann, ich dachte, man hätte meinen Kopf in einen überhitzten Backofen gesteckt. Aber als wir aus dem Flughafengebäude rauskamen, war es immer noch nicht besser. Da hab ich gemerkt, dass es nur am Klima lag – also ein ganz normales Gefühl ist, wenn man in Griechenland Sommerurlaub macht.

Okay, zurück zu Dimitrios und seiner genauso heißen Ware. Ehrlich, es war der geilste Flug meines Lebens. Ich, Motzi Morgenroth, als Geheimnisträgerin! Wahnsinn! Ich hätte mir auch gleich noch ein Bündel Fünfziger in die Buxe gesteckt, wenn man mir die Lage früher erklärt hätte. Man hilft ja schließlich, wo man kann. ☺

Die Ausreise war allerdings nicht weniger aufregend.

In unserem Dorf auf Santorini haben die Menschen total gerne gefeiert und trotz der schwierigen Wirtschaftslage erstaunlich viel Fröhlichkeit versprüht. Mama zuliebe haben sie sogar immer wieder *Bouzouki* gespielt und bis zum Abwinken *Das war der Stern von Mykonos* gesungen.

Am letzten Tag hat der Großvater von Dimitri einen Hammel organisiert und den am Spieß gegrillt. Wir waren auch eingeladen und irgendwann haben alle Sirtaki getanzt und mein Vater hat so viel Ouzo eingeschenkt gekriegt, dass er am nächsten Morgen immer noch wie ein Spiritusbrenner gestunken hat, wenn er nur den Mund aufgemacht hat.

Nachts ist er dreimal aus dem Bett gefallen, hat Mama erzählt, und am Airport hat er nicht mal mehr seinen Perso gefunden und hat immerzu gefaselt, den bräuchte man nicht, von wegen Schengener Abkommen und der offenen Grenzen. Ich habe gar nicht kapiert, was er damit gemeint hat.

Die Situation wäre sicher aus dem Ruder gelaufen, hätte Dimitri als Grieche uns nicht mit ein paar passenden Sätzen in seiner Heimatsprache rausgehauen.

»Was hast du denn eigentlich gesagt?«, wollte ich später im Flieger von ihm wissen.

Er hat gegrinst und geflüstert: »Ich hab behauptet, dass dein Vater zu einer Organisation gehört, die Griechenland mit illegalen Geldtransfers unterstützt.«

Da bin ich vielleicht blass geworden. »Das, das hätte meinen Vater in den Knast bringen können …«

Aber Dimitri hat nur gelacht. »In Griechenland doch nicht, man hätte ihm allenfalls eine Medaille an die Heldenbrust geheftet.«

Okay, ich schweife mal wieder ab, aber kurzzeitig habe ich damals tatsächlich überlegt, ob das nicht ein cooler

Job für Sofie und mich wäre: jedes Wochenende Geldschmuggel nach Griechenland. Wir hätten ein Projekt daraus machen können.

Na ja, hat sich inzwischen erledigt und Sofie hat für so was auch gar keine Zeit mehr, jetzt wo sie so viel mit Jean-Pascal unternimmt.

Der Gedanke stößt mir gleich wieder sauer auf, aber ich schiebe ihn einfach weg.

Wir sitzen immer noch relaxt im Ginkgo-Baum und weben an unseren Freundschaftsarmbändern, das ist das Einzige, was zählt. Der Moment ist wichtig, jeder schöne Augenblick, den wir zusammen genießen können.

Und außerdem glaube ich nach wie vor, dass es grade die Unterschiede zwischen uns sind, die unsere Freundschaft so prickelnd machen. Warum sollte es in Europa anders sein als bei Sofie und mir? Ist doch cool, wenn Gegensätze sich anziehen.

Morgen allerdings ziehen wir uns erst mal *aus*, denn dann haben Sofie und ich unseren BFF-Wellness-Tag und gehen zusammen im Stadtbad in den neuen Spa-Bereich mit Sauna und Whirlpool. Da ist es am Frauentag nachmittags menschenleer. Nur ein paar Omas mit Badehaube paddeln zu dieser Zeit im Hauptbecken im Wasser rum.

Einmal im Monat gönnen wir uns das – doch, gegensätzlich oder nicht – das reinigt Körper und Seele und tut uns beiden gleichermaßen gut. In der jetzigen Situation ganz besonders.

Vielleicht sollte man die ganzen Politiker einfach mal zusammen in einen gigantischen Whirlpool stecken. Denn: *Freundschaft ist, sich gemeinsam Gutes zu tun!*

Sich gemeinsam was Gutes tun ...

Die Wellness-Oase ist das Highlight unseres neuen Badeparadieses im Stadtbad und wird meistens nur von Erwachsenen genutzt.

Aber gleich nach der Schule, am frühen Nachmittag und besonders am Frauentag ist noch nicht viel los. Jugendliche dürften deswegen bis 16 Uhr zum ermäßigten Eintritt dort rein. Man hat wirklich allen Komfort, der zu einem Wellness-Erlebnis gehört: Sauna, Dampfbad, Tepidarium, Nebelkammer, Regenschauer- und Schwalldusche, Aromagrotte und natürlich einen kleinen Pool mit angebautem Jacuzzi.

Außerdem gibt es eine Bar, wo man sich kostenlos an Wasser und Obstsäften laben kann.

Am Eingang liegen stapelweise flauschige, frühlingsfrisch duftende Saunatücher und wir decken uns auf dem Weg in die Frauen-Umkleidekabine gleich damit ein.

Da wir erst mal eine Runde schwimmen wollten, springe ich rasch in den Badeanzug, dann unter die Dusche und mit lautem Hallo in den Pool. Wohin mir Sofie – ohne Brille maulwurfsblind – eher bedächtig folgt. Die Wassertemperatur liegt etwa bei dreißig Grad, was für sportliche Betätigungen eigentlich zu hoch ist. Aber um träge und entspannt herumzudümpeln, ist es gerade richtig.

Ich lasse mich auf dem Rücken treiben und schaue hoch zu den vielen kleinen Halogenspots an der dunkelblauen Kuppeldecke, die den Zauber eines funkelnden Sternenhimmels vermitteln.

Wie wunderbar das Leben doch sein kann! Und wie genial, es mit meiner besten Freundin hier gemeinsam zu genießen.

Die steigt jetzt, ohne Brille, langsam die Treppe runter und gleitet vorsichtig ins Wasser. Irgendwie recht geschmeidig, trotz ihrer Sehbehinderung.

Ich paddle zu ihr hin und lotse sie dann zu einer in den Pool eingelassenen Sitzecke, wo ich die Massagedüsen anschalte.

Als es kräftig sprudelt, beginnt Sofie zu kichern. Hihi … mich kitzelt es auch an einigen Stellen.

»Meine Oberschenkel können das mal wieder gut gebrauchen«, sage ich. »Eigentlich müsste ich jeden Tag hier sitzen.«

»Wie, hast du zugenommen?«

»Na, wenn du das nicht gemerkt hast. Neulich ist beim Bus die Hinterachse gebrochen, weil ich drinsaß!«

Sie lacht. »Dann musst du das Frustfressen eben einfach lassen.«

Hm, dann hör du auf, mich so zu frusten, denke ich,

kann mich aber grade noch bremsen, es auch laut zu sagen. Diese schöne Stimmung will ich jetzt wirklich nicht verderben.

»Hast du Lachbrause getrunken?«, frage ich stattdessen, denn ihre aufgesetzte Fröhlichkeit verwirrt mich etwas.

»Äh, nein, ich lese grade ein Buch über Rhetorik. *Wie werde ich schlagfertig*. Die haben vielleicht seltsame Vorschläge – zum Kaputtlachen, so peinlich!«

Rhetorik, pah! Wer braucht denn das? Ich rede, wie mir der Schnabel gewachsen ist, und bisher hat das immer noch gereicht.

»Wozu brauchst du das?«

»Zur Vorbereitung auf das Rededuell in unserem Kurs. Ist schon ganz nützlich und im Leben auch ziemlich gut anwendbar. Sind eine Menge Tricks drin, wie man Leute an die Wand quatschen kann und sich aus unliebsamen Gesprächen rauswindet.«

Hm, das klingt in der Tat recht nützlich, denn ab und zu rede ich mich mit meiner frechen Schnauze auch ganz schön in die Gülle. Aber warum dürfen nur die Hochbegabten an unserer Schule so was lernen? Meinem Vater auch mal Kontra geben zu können, wäre echt erhaben. Der verunsichert mich nämlich manchmal ziemlich heftig. Mit ein paar Kniffen aus Sofies Buch könnte ich bei ihm bestimmt punkten.

»Leihst du mir das Buch, wenn du damit fertig bist?«

Sie sieht mich zweifelnd an. Vermutlich hält sie mich mal wieder für zu minderbegabt für die höhere Redekunst.

Um keinen Streit darüber zu riskieren, lasse ich mich ins Becken hinaustreiben und schwimme ein paarmal mit kräftigen Zügen hin und her.

Anschließend machen wir einmal das ganze Programm durch. Sauna finde ich ja ein bisschen peinlich, aber Regenwalddusche und Aromagrotte sind einfach traumhaft! Wir probieren mehrere Düfte aus und sind danach irgendwie richtig high. Was haben die da nur reingemischt?

Sofie ist auch ziemlich tiefenentspannt und gurrt wie eine Lachtaube.

Ich habe mich grade noch mal in den Whirlpool gepackt, als ein höchst bemerkenswertes Pärchen den Wellness-Tempel betritt.

Ich liebe ja öffentliche Schwimmbäder oder Wellnessoasen genau deswegen: Man sieht immer irgendwelche crazy People. Auch Sofie kommt jetzt in den Jacuzzi und hat zur besseren Leute-Beobachtung ihre Brille wieder aufgesetzt. Die allerdings ständig beschlägt.

Wir grinsen uns an und klatschen unter Wasser die Hände ab. Yeah, das kann lustig werden.

Die eine Tussi ist ziemlich groß, aber drahtig, mit ratzekurzen Haaren und einem sportlichen Body, die andere, auch nicht eben klein, hat eine blondierte Megamähne und Beine fast bis zum Hals. Außerdem ist sie so was von vollbusig, dass ihr Bikinioberteil den Inhalt kaum zurückhalten kann.

Priscilla würde dagegen aussehen wie eine flache Flunder. Von mir gar nicht zu reden. Automatisch ziehe ich meinen Badeanzug etwas höher, um das Nichts zu bedecken. Dabei denke ich, wenn die eine hektische Bewegung macht, rollen ihr diese Silikonbomben garantiert davon. OMG!

Die Tussen tragen natürlich Badeanzüge und Bikinis, die aussehen wie aus der neuesten Kollektion von *Victoria's Secret*, etwas, was wir uns nur in der Modezeitschrift mal zum Angucken leisten können. Aber mit so aufgeblasenen Melonen sieht selbst ein teurer Fummel irgendwie billig aus. Tja, es reicht eben nicht, dass Kleider Leute machen, wenn die Leute keine Kleider machen.

»Ruby«, sagt die Schnepfe grade, »jetzt habe ich vergessen, meinen Schmuck einzuschließen. Meinst du, ich kann ihn in der Sauna anlassen?«

Versuch's doch mal, denke ich gehässig, weil solche Weiber mir echt auf den Senkel gehen.

Ruby hält sie wohl auch für bekloppt, jedenfalls sagt sie mit dunkler Stimme und einem ironischen Grinsen: »Das würde ich dir nicht empfehlen, Sibyll. Schließ die Sachen lieber weg.«

Die Blonde geht zum Schließfach und Ruby nimmt ihr Glas – was eigentlich verboten ist – mit an den

Whirlpool, stellt es auf den Rand und steigt hinein. Dabei wirft sie uns einen abschätzigen Blick zu und lässt sich dazu herab, uns mit der kaum wahrnehmbaren Andeutung eines Kopfnickens zu begrüßen. Himmel! Entweder ist sie ein Star oder knallreich oder beides. Ich starre dieses Wohlstandsmonster bei dem Gedanken wohl ziemlich finster an, denn Ruby bleibt plötzlich auf den Stufen des Whirlpools stehen und fragt: »Habt ihr ein Problem damit, wenn ich mich zu euch setze?«

Solange es nicht auf meinem Schoß ist!

Bevor ich jedoch antworten kann, kommt diese Sibyll wieder herein, wirft ihre dauergewellten, blondierten Haare in den Nacken und meint mit einer eher piepsigen Stimme: »Das ist ja niedlich! Hat heute der Kindergarten Wandertag?« Mit diesen Worten lässt sie sich in den Whirlpool plumpsen.

Kaum sind beide im Pool, fangen sie an, über Geschäfte zu reden. Hm, komisches Gespann?!

Da sie uns nun eher anöden und ihr Gerede nervt, steigen wir aus dem Jacuzzi und setzen uns auf eine Wärmebank.

Ich schließe die Augen und genieße die leise Entspannungsmusik. Irgendwie ist das Leben doch manchmal recht angenehm, jedenfalls wenn man mit seiner besten Freundin auf einer Wärmebank abhängt und die von exotischen Aromen geschwängerte Luft mit meditativer Musik unterlegt ist. Das ist ja so was von relaxt.

Geradezu traumhaft. Warum kann das nicht so bleiben? Warum muss sich so ein nerdiger Typ wie Jean-Pascal dazwischendrängen? Kann der seine Gedichte nicht mit einem anderen Mädchen austauschen? Sofie gehört mir! Also das … das … merkt man doch … sooo harmonisch wie es heute wieder ist – ganz ohne Jungs … einfach perfekt!

Alles hätte auch harmonisch enden können, wenn diese blonde Überbusine nicht am Whirlpool literweise Bodyöl über ihre gegrillte Haut hätte gießen müssen. Als ich nämlich auf dem Weg zur Umkleide später an ihr vorbeigehe, hat sich zu ihren Füßen eine ölige Lache gebildet, die ich natürlich nicht sehe, weil ich ja eher in die Gegend, als auf den Boden gucke.

So reißt es mir abrupt und ohne Vorwarnung die Füße weg und ich stoße gegen sie. Das Ölfläschchen fliegt ihr aus den Händen, segelt bis ins Schwimmbecken davon und wir beide plumpsen nahezu gleichzeitig in den Whirlpool, der vor Schreck überläuft.

Ich finde mich auf Rubys Schoß wieder und Sibyll taucht mit angeklatschten Haaren unmittelbar vor uns aus tieferen Regionen des Jacuzzis auf und wirkt reichlich von der Rolle. Selbst ein Seerosenblatt auf ihrem Kopf hätte den grauenhaften Anblick nicht mehr retten können, und nun fängt sie auch noch an zu kreischen und mich zu beleidigen. Soll sie doch auf ihr Ölkännchen besser aufpassen!

Sofie steht am Rand und wiehert unanständig laut los. Himmel, da geht aber mal die Schadenfreude mit ihr durch! Falls sie auch über mich lacht, finde ich das allerdings gar nicht angebracht.

Ich überlasse also die Tussen sich selbst und schwimme ins Becken hinaus, von wo aus ich dann die Treppe nehme. Sofie erwartet mich dort bereits.

»Eigentlich müsste ich die verklagen«, knurre ich. »Wie kann die einfach ihr blödes Körperöl überall rumschmieren. Ich hätte mir sonst was brechen können.«

»Hast du aber nicht«, sagt Sofie lakonisch. »Freu dich doch. Glück im Unglück gehabt. Und euer Sturzflug war einfach göttlich. *Victoria's Secrets* gefallener Engel!«

Hm. Weil ich schweige, fühlt sie sich gemüßigt, was Nettes hinterherzuschieben. »Wollen wir noch ein Eis zusammen essen?«

Warum nicht, dann kann ich sie vielleicht noch ein bisschen zu Jean-Pascal ausquetschen. Der Stand der Dinge interessiert mich natürlich brennend. Besonders, weil sich Priscilla total bedeckt hält. Sofie wird ja zumindest wissen, ob Priscilla sich noch mal bei ihm wegen der Nachhilfe gemeldet hat.

Wir schlendern in die Umkleide, als auch schon eine Servicekraft auf uns zustürzt und uns ermahnt: »Die Oase wird jetzt für Kinder geschlossen. Gleich ist Happy Hour für die Berufstätigen.«

»Hat sie *Kinder* gesagt?«, knurre ich.

Sofie zieht mich in die Gemeinschaftskabine. »Hat sie? Ich glaube nicht, hast dich bestimmt verhört.«

Na, die kann so was leicht überhören, hat ja in den letzten Monaten auch einen ganz schönen Wachstumsschub gemacht … nicht nur in der Länge! Von Kind kann man bei ihr wirklich nicht mehr sprechen. Ich hingegen fühle mich weiterhin entwicklungsverzögert und von Mutter Natur ziemlich sträflich vernachlässigt.

Da kommt direkt ein bisschen Neid bei mir auf und auf einmal kann ich verstehen, warum Jean-Pascal neuerdings so ein gesteigertes Interesse an Sofie entwickelt. Der ist doch garantiert nicht nur auf ihre Gedichte und den Austausch von Lyrik scharf.

Hm, angenommen, ich habe recht und er hat sich echt in Sofie verguckt, dann hat Priscilla vielleicht gar nicht bei ihm landen können. Was mich ungemein erleichtern würde. Denn die ganze Sache, die ich da aus Eifersucht angeleiert habe, tut mir inzwischen entsetzlich leid. Voll der Schwachsinn! Ich sag doch, Bahnhofsbaustellen im Gehirn führen immer mal wieder zu einem Totalausfall des Denkvermögens!

Okay, meine Neugier muss nun aber erst recht befriedigt werden, ich will unbedingt wissen, wie der Stand der Dinge bei Sofie und Jean-Pascal ist. Sofie scheint mir gegenüber in diesem Punkt nicht ganz offen zu sein. Von wegen »reine Arbeitsbeziehung« … das kann sie erzählen, wem sie will … mir jedenfalls nicht mehr!

»Hat er dich denn inzwischen geküsst?«, rutscht mir auch schon die wichtigste Frage raus.

Sofie ist grade dabei, ihren BH zuzumachen und hält verblüfft inne.

»Äh, wer hat was? Wovon sprichst du?«

Na gut, das war jetzt vielleicht ein bisschen unvermittelt, aber wo es schon mal raus ist …

»Von Jean-Pascal. Ich spreche von Jean-Pascal. Hat er dich endlich mal geküsst?«

Sie windet sich. Okay, sie will es offensichtlich nicht sagen, damit ist ja eigentlich schon alles klar.

Doch, jetzt gibt sie sich einen Ruck, aber …

»Müssen wir das hier besprechen?«, fragt sie nur, und wie um sie zu unterstützen, schneien zwei mittelalterliche Schwergewichte in die Umkleide.

Ich schüttele den Kopf. »Nee, müssen wir nicht.«

Sofie hat das offenbar als »Müssen wir überhaupt nicht« gedeutet, denn als wir wenig später beim Eis sitzen und in die Schwimmhalle schauen, quasselt sie über Gott und die Welt, aber nicht über Jean-Pascal und über das Küssen schon gar nicht. Na, wenn sie meint und ein Geheimnis daraus machen will.

Ich frage sie jedenfalls nicht noch mal. Vielleicht will ich es auch gar nicht wirklich wissen. Denn wenn es so wäre, dann würde es meine Sorgen um unsere Freundschaft gewiss nicht kleiner machen.

»Das Eis hier ist sooo lecker«, sage ich und beschließe,

jetzt einfach nur zu genießen. Morgen ist auch noch ein Tag.

Was ich nicht weiß, macht mich nicht heiß. Volksmund, der wieder mal recht hat! ☺

Ich bin nicht bedürftig!!!

Wirklich, ich weiß nicht, was das soll! Ich will Sofie von Jean-Pascal weglotsen, spinne ein raffiniertes Netz, in dem er sich verstricken soll, und nun funkt Sofie mir voll dazwischen und faselt ständig rum, ich müsste unbedingt einen zweiten Kussversuch unternehmen.

So war meine Frage im Schwimmbad nicht gemeint. Wenn sie glaubt, damit von ihrer Knutscherei mit Jean-Pascal ablenken zu können, dann hat sie sich geschnitten!

Wir hocken in der Freistunde in der Bücherei und blättern uns für unser globales Umweltschutz-Projekt durch einen Stapel Geo-Magazine. Nur Horrornachrichten: Polkappen schmelzen, Eisbären verlieren ihren Lebensraum, Ölschlämme verseuchen die Lebensräume der letzten Urwaldindianer, Erdbeben zerstören Nepal und Vulkanasche bedeckt in Lateinamerika ein ganzes Dorf, auf Sumatra brennt der Regenwald ab … überall auf der Welt sind Menschen auf der Flucht. Vor Naturkatastrophen, Umweltzerstörung und Kriegen. Das ist alles nur schrecklich und es sind so viele schlimme Ereignisse gleichzeitig, dass man gar nicht weiß, wo man zuerst mit dem Retten anfangen soll. Und dann kommt

Sofie noch mit dieser albernen Knutscherei. Es gibt ja nun wirklich Wichtigeres!

»Sofie, hör auf damit! Du weißt doch selber, wie das mit Gerrit gelaufen ist, und das macht mich wirklich nicht auf einen zweiten Versuch neugierig.«

»Aber Motzi, das mit Gerrit war von Anfang an ein Irrtum. Das gilt nicht. Deswegen darfst du nicht alle Jungs für schlecht halten.«

»Das tue ich, nebenbei gesagt, ja auch überhaupt nicht.«

»Na, dann ist es ja gut. Einmal ist keinmal … wer nicht wagt, der kann auch nicht gewinnen! Du solltest wirklich mal nach einem richtig netten Typ Ausschau halten. Es gab doch da schon ganz gute Ansätze, bevor Gerrit mit diesen Herzschmierereien angefangen hat …«

OMG, warum sülzt sie mich denn so voll? Man könnte meinen, sie hätte mit Opa Knackstedt die Rollen getauscht, der ist auch so ein Sprücheklopfer! Das muss ihr dummes Rhetorikbuch sein. Aber warum mischt sie sich ausgerechnet heute total ungefragt in mein nicht vorhandenes Liebesleben ein? Das ist bestimmt ein reines Ablenkungsmanöver!

Wie kann sie mir BEDÜRFTIGKEIT unterstellen, nur weil ich ihr plötzlich als beste Freundin nicht mehr genüge und sie offenbar von ihrem blöden Nerd nicht genug kriegen kann. Ich bin nicht bedürftig! Nope!

Mein Leben ist wunderbar, wie es ist. Ganz ohne

Jungs. Mir fehlt nichts, ich komme prima ohne diese Hormonjunkies aus. Und alles wäre noch wunderbarer, wenn Sofie auch ohne Jungs auskäme, Jean-Pascal zum Teufel jagen und mit mir mal wieder ein richtig großes Projekt in Angriff nehmen würde. Schlachtviehtransporte durch halb Europa zum Beispiel sind doch auch eine Schande für die zivilisierte Menschheit! Nicht nur weil ich jetzt auf vegan stehe.

Na okay, das kläre ich schon noch mit ihr, wenn sie wieder etwas normaler ist.

Es ist jedenfalls absolut hirnrissig von ihr, mich verkuppeln zu wollen, wo ich zur gleichen Zeit versuche, sie zu entlieben. Das passt ja mal gar nicht!

Jetzt säuselt sie mich auch noch damit voll, dass ich sie unbedingt zu einem Konzert begleiten soll, weil sie sich – hahaha – da allein nicht hintraut. Das war nicht zufällig schon mal meine Argumentation? O.k., es kommt noch was dazu: Jean-Pascal sei nämlich leider verhindert – noch mal hahaha – und sie hätte sich so darauf gefreut. Klar, da bin ich ihr als Lückenfüller grade recht. Aber als ob das nun nicht genug wäre, plant sie auch noch einen anderen Anschlag auf mich. Sie erklärt nämlich, dass sie die Karten schon gekauft hätte und ich also ganz umsonst reinkäme und – jetzt kommt's – ICH würde doch MANU auch GUT FINDEN! MANU!

Also mit dem soll mir Miss Sofie gleich aufhören! Ausgerechnet mit Manu einen zweiten Kussversuch zu starten, ist ja wohl voll daneben. Was glaubt sie eigentlich von mir? Sie hat doch sicher nicht erwartet, dass ich ihr bei so einer Schwachsinnsidee vor Begeisterung um den Hals falle? Hält sie mich wirklich für sooo bedürftig? Grumpf!

»Ich stehe nicht auf Boygroup-Typen«, knurre ich zwar, aber sie hört gar nicht hin.

Fällt ihr eigentlich nicht auf, wie abgelatscht das ist? *Hot Feet?* Nee wirklich, Plattfüße wäre passender. Heiß finde ich an Manu gar nichts mehr, seit der mich neulich im Jugendzentrum für Priscilla stehen gelassen hat. Das sollte Sofie doch eigentlich auch klar sein. Schließlich hat sie mich nach dieser Pleite mühsam wieder aufbauen müssen. Aber ich bin ja selber schuld gewesen …

Wie konnte ich bloß glauben, dass ausgerechnet der Leadsänger einer Band bei einem Mädchen andere Dinge als Beine, Busen und Po wertschätzt?!

Tja, Priscilla hat mir dann allerdings ganz schnell die Augen geöffnet und ich musste erkennen, dass wieder mal alles nur eine Illusion war. Manu stand kein bisschen auf mich. Warum sollte er auch, wo doch außer einer »süßen Zahnlücke« an mir reichlich wenig Interessantes für einen Jungen dran ist.

Sofie meint allerdings, dass Manu vermutlich nur von Priscillas frechem Auftreten überrumpelt worden ist. Ich wäre viel zu pessimistisch und würde einfach zu schnell aufgeben. Alles faule Ausreden. Mit dem bin ich durch!

Aber sie textet mich weiter zu, sodass ich schließlich doch nachgebe. »Nur wegen dir«, sage ich, »allenfalls noch ein bisschen wegen der Musik, aber auf keinen Fall wegen Manu! Das muss klar sein zwischen uns, sonst kannst du allein gehen.«

Sie nickt, aber was macht sie? Sie veräppelt mich voll!

Kaum haben wir das Jugendzentrum betreten, da steht Sofie schon bei Manu am Keyboard und tuschelt mit ihm.

Jetzt schauen alle beide zu mir rüber. Ich könnte Krätze kriegen. Ist ja wohl transparent, dass die über mich reden.

»Das mit Priscilla war ein unglücklicher Zufall«, hat Sofie noch mal zu mir im Bus gesagt, als wir zusammen hergefahren sind. »Du magst Manu doch trotzdem noch. Er ist ein cooler Typ und ich besorge dir ein Date mit ihm. Probier's und dann entscheide dich. Du bist doch niemand, der schon vorher die Flinte ins Korn wirft.«

»Häh, was denn für 'ne Flinte und in welches Korn?«

»Ein Spruch, Motzi, nur ein Spruch, der meint, dass du nicht vor der Zeit aufgeben sollst. Eine Metapher.«

Aber nicht sehr passend, Frau Schönfelder wäre nicht begeistert, obwohl sie die bildhafte Sprache liebt. Etwas zeitgemäßer könnte es schon sein.

»Lass es, Sofie, sonst drehe ich auf der Stelle um. Wir haben eine Abmachung. Musik, nicht Manu!! Klar?«

»Klar, wie Klößchenbrühe«, sagte sie grinsend.

Aber kaum waren wir im Jugendzentrum und hatten den Konzertsaal betreten, wisperte sie mir ins Ohr: »Du willst es doch auch«, und stürzte dann sofort zur Bühne und auf Manu zu.

Die hat sie wirklich nicht mehr alle! Früher, bevor sie sich in Jean-Pascal verknallt hatte, war sie nicht so, woraus man nur einen Schluss ziehen kann: Der Typ tut ihr nicht gut!

Also Manu ...

Ich habe ja auch mal gedacht, dass er mich mag. Jungs, die nicht vergessen, dass ein Mädchen eine Lücke zwischen den Schneidezähnen hat, kann frau tatsächlich mögen. Besonders, wenn sie die auch noch »süß« finden, also die Zahnlücke.

Dennoch, die Priscilla-Geschichte hat mich sofort von der kleinen rosaroten Wolke wieder runtergeholt, die sich unter meinen Füßen beim letzten Schulfest gebildet hatte. Ein Typ, der Priscilla wie hypnotisiert auf ihren Vorbau starrt, während er eigentlich mit mir 'ne Cola trinkt, hat bei mir sowieso vergeigt ... äh, selbst wenn er Gitarre spielt.

Aber im Grunde ist das ja nichts Neues für mich. Gegen so viel Busen und Po komme ich einfach nicht an – jedenfalls nicht mit einer Zahnlücke, die ist – Klartext gesprochen – nicht halb so sexy.

Na gut, die ist vermutlich überhaupt nicht sexy. Süß ist ja genau genommen auch keine Aussage ... eigentlich bedeutet das nur, dass man was Nettes sagen will, aber nicht weiß was.

»Hach, wie süß, dein verschnittener Pony.«

»Sehr süß von dir gemeint, aber leider voll daneben ...«

»So süß, aber ich bin auf Diät …«

Na gut, lassen wir das. Zurück zu meinem aktuellen Problem: Was macht Sofie denn jetzt überhaupt bei Manu?

Warum gestikuliert sie so wild? Ist ja total peinlich, was sie da abzieht.

Mal abgesehen von Manus mangelndem Interesse an mir hab ich ja auch keins an ihm. Wie der schon rumläuft. Wie so 'n Boygroup-Spacken! Und das Statement auf seinem Shirt kann glauben, wer will: *Du bist schön für mich!* Tzzz! Ich kann damit jedenfalls nicht gemeint sein.

Aber so flirty habe ich ihn damals auf dem Schulfest sowieso nicht eingeschätzt.

Sofie meint ja, das hätte nicht wirklich was zu sagen, wäre eher so eine Art Berufskleidung. Alle Bandmitglieder tragen dieses Shirt, das müsste mit seiner Einstellung zu Frauen gar nicht wirklich was zu tun haben. Sie ist um Ausreden ja nie verlegen.

Dennoch erstaunt es mich, so was von ihr zu hören. Was würden denn Milli mit den roten Haaren und ihr Emanzenclub wohl dazu sagen, wenn ich ihnen davon erzähle?

»Hallo, Leute, Sofie findet Jungs gut, deren Shirts einen Dauerbaggermodus anzeigen. Sie will mich sogar mit einem solchen Hormonopfer verkuppeln …«

»IGITT!«

Na, die würden vermutlich kein Wort mehr mit ihr reden!

Was für ein Virus ist das denn bloß, das sie befallen und in ihrem Kopf den gesunden Menschenverstand völlig lahmgelegt hat? Ihr klares Urteilsvermögen, was ich sonst so an ihr schätze, ist jedenfalls momentan futsch – völlige Fehlanzeige.

Okay, ich gehe jetzt am besten mal zu ihr rüber und hole sie von Manu weg.

Schulbandmusiker sind ja ohnehin alle Selbstdarsteller mit übersteigertem Ego. Die machen doch nur so einen Aufriss, weil es im richtigen Pop-Business einfach dazugehört, nach den Konzerten Mädchen abzuschleppen. Wohin? Na, in irgendeinen Knutschwinkel natürlich.

Das hab ich Sofie auch gesagt, um sie von dieser Schwachsinnsaktion abzuhalten, aber sie hat immer nur wie eine Gebetsmühle wiederholt: »Manu ist nicht so, der ist anders – hast du selbst gesagt.«

Jahaa, habe ich vielleicht mal in einer Anwandlung von Pubertätsvakuum im Hirn tatsächlich gesagt. Das füllt sich aber nun langsam wieder auf, und auf meiner Gehirnbaustelle sind soeben neue Warnschilder aufgestellt worden, auf denen steht: *Finger weg von Leadsängern!*

Bin ich Groupie, oder was?

Die Jungs machen nun ihre Instrumente klar, Sofie dreht ab und quetscht sich durch die Menge zu mir durch. Manu tritt an den Rand der kleinen Bühne. Scheinwerferspots rasen hektisch über die Köpfe des Publikums hinweg.

Der Müffelfaktor steigt abrupt an, weil haufenweise Girls bei seinem Auftauchen trotz Überdosis Deo kollektiv der Schweiß ausbricht. Wahnsinns-Geruchsmischung – mein Riechorgan reagiert hochallergisch und katapultiert sämtliche Duftstoffe mit einem gigantischen Nieser wieder aus den Nebenhöhlen raus: »Haptschiii!« Wie peinlich …

Als Manu lässig zum Mikro greift, kreischen die ersten Mädchen auf. Sie alle verehren, vergöttern, lieben ihn – wie sollte er da ausgerechnet an einer Motzi Interesse haben?

Aber ich glaube, ich stehe sowieso nicht auf Jungs, bei deren Anblick Mädchen den Verstand verlieren. Das Risiko ist mir einfach zu groß. Die wenigen Reste, die mir davon während meines Gehirnumbaus noch geblieben sind, müsste ich nämlich dringend behalten. So ein Typ ist da echt kontraproduktiv. Wie soll ich bei dem mein verstandesmäßiges Vakuum wieder auffüllen? Geht nicht, geht gar nicht … oder doch?

»Er will dich treffen. In der Pause, Backstage«, schreit mir Sofie gegen den anschwellenden Lärmpegel ins Ohr.

»Echt jetzt?«

»Echt.«

»Exklusiv? Wirklich nur mich?«

»Klar exklusiv – was denkst du denn von mir? Wenn ich was mache, dann richtig!« Ihre Worte hauen mich um. Ich vergesse alles, was ich vorher gedacht und mir vorgenommen habe.

Wie sagt schon Opa Knackstedt so treffend: Grundsätze sind dazu da, neu definiert zu werden. Ganz besonders in der Pubertät. Da wird ja sowieso ständig was neu oder umdefiniert … warum nicht auch die Sache mit den Jungs? Wenn man es genau nimmt, ist so ein Leadsänger doch eigentlich ziemlich cool und angesagt. Sich mit so einem Backstage zu treffen hebt doch ungemein und Priscilla garantiert aus den Tretern, wenn sie das gesteckt bekommt. *g*

Spontan umschlinge ich Sofie wie eine Würgeschlange und bussele sie dankbar ab. »Du bist die Beste!«

»Weiß ich.«

»Wie hast du das nur hingekriegt?«

»Betriebsgeheimnis. Aber falls deine Mutter mal aushilfsweise eine Anbandelungsberaterin sucht, kannst du mich gern empfehlen.«

Sie glänzt mal wieder vor Selbstgefälligkeit wie eine Speckschwarte. Okay, Größenwahn war für sie ja noch nie ein Fremdwort.

Ich hasse das an ihr, aber sie hat sehr viele andere positive Eigenschaften, die das wieder ausgleichen … Habe ich ja schon mehrfach erwähnt. Und dass sie tatsächlich dieses Date mit Manu hinbekommen hat, zeigt doch, wie großartig sie ist. Wenn sie will … aber sie will ja nicht immer … schon gar nicht so, wie ich es möchte … sonst hätten wir zurzeit ja nicht so einen Stress. Okay, ich schweife ab.

Also sage ich nur milde ironisch: »Du bist einfach genial.«

»Dann mach was draus und vermassle es nicht wieder.«

Ich? Vermasseln? »Hör mal, was kann ich dafür, wenn Manu mich neben Priscilla einfach übersieht, obwohl ich ihn megalieb mit meinem Lückengebiss angegrient hab?«

»Nun reite nicht immer auf deiner Zahnlücke rum.« Sie dirigiert mich schon mal langsam in Richtung Bühnenausgang. »Nutz lieber deine Chance und mach was Vernünftiges mit ihm.«

Vernünftiges? Seit wann machen pubertierende Mädchen mit pubertierenden Jungs was VERNÜNFTIGES?

»Äh, wäre nicht eher was UNVERNÜNFTIGES … äh … origineller?«

»Mach, was du willst. Ich bin raus!«

Ist sie jetzt eingeschnappt?

»Gib mir halt mal einen Tipp! Schließlich bist du meine beste Freundin und mein Wohl sollte dir eigentlich am Herzen liegen.«

»Mehr als mir guttut«, grummelt sie, lässt sich aber dann zu ein paar Ratschlägen herab. »Flirte mit ihm und steh nicht wie ein Fragezeichen hinter der Bühne herum. Der glaubt schließlich, dass du in ihn verknallt bist.«

»WAS?« Tickt sie noch richtig?

Sofie grinst diabolisch und die geruchsintensive Menge um mich herum bringt mich einer Ohnmacht nahe. Oje! Ich merke, wie sich in meinem Kopf etwas dreht, was da gar nicht hingehört, so wie ein Rotorblatt von einer Windkraftanlage ... es ... es ... häckselt alles darin kurz und klein.

»Ich bin nicht in ihn VERKNALLT ...«, gurgle ich noch, dann trete ich ab ...

Wie viel Zeit inzwischen vergangen ist, weiß ich nicht, als ich wie durch einen riesigen Wattebausch, das Wummern der Bässe von der Bühne wieder wahrnehme. Verwirrt schaue ich mich um.

Ich stecke nicht mehr in der schwitzenden, streng riechenden, wogenden Menge, sondern lehne an einer Wand im Eingangsbereich des Jugendzentrums. Die ist kühl und ich presse mein heißes Gesicht dagegen. Wie ich hierhergekommen bin, kann ich wirklich nicht sagen. Mir ist übel. Wenigstens ist Sofie an meiner Seite.

»Ich geh mal eben aufs Klo«, murmle ich.

»Mach, scheint mir sinnvoll«, meint Sofie nickend. »Soll ich mitkommen?«

Nee, dann textet sie mich wieder zu. Ich muss erst mal zu mir kommen. Etwas Ruhe vielleicht …

Ich lehne also Sofies Begleitung ab und wanke zu den Waschräumen. Da schütte ich mir händeweise kaltes Wasser ins Gesicht. Nun bin nicht nur ich im Eimer, sondern auch mein so sorgfältig aufgetuschtes Make-up ist futsch.

Ich habe einen bitteren Geschmack im Mund. Vermutlich weil mein Magen sich grade selbst verdaut. Warum laufen meine Organe Amok? Schließlich habe ich mit dem Typ auf unserem Schulfest eine Coke getrunken und er hat mir ein Kompliment gemacht, alles ganz easy-peasy.

Aber natürlich heißt das gar nichts. Die Pleite vom letzten Mal macht mich total nervös. Da muss nur wieder irgendeine Priscilla auftauchen und ich bin erneut abgemeldet. Warum tue ich mir das an? Nur damit Sofie ein weniger schlechtes Gewissen hat, wenn sie mit ihrem Jean-Pascal rumturtelt und mich deswegen vernachlässigt?

Der Blick in den Spiegel zeigt mir ein Zombieface. Echt grottig, keine Chance bei niemandem, denke ich.

Ich seufze und hasse mich mal wieder für meine Ehrlichkeit mir selbst gegenüber. Wenigstens ein bisschen könnte ich mich doch mal beschwindeln. Grumpf!

Ist aber immer noch besser als ein Babyface. Mein Blick schärft sich. Ich finde geradezu Gefallen an meinem gruftigen Spiegelbild. Der Zufall hat die Schatten um die Augen genau dahin gemalt, wo sie auch ein Make-up-Artist angelegt hätte, und die Lippen kann ich schnell noch nachziehen.

Ich greife in meine Jeansjacke. Perfekt. Wieso war mir eben eigentlich so übel? Doch nicht etwa vor Aufregung wegen Manu? Wer bin ich, dass mich ein Date mit einem Typ so umwirft?

He, Motzi, jetzt lass dich nicht so hängen! Schultern zurück, Brust raus ... äh ... was raus? Igelschnäuzchen ... urrgh ... strammgestanden! Ich breche in haltloses Kichern aus. Gott, wie kann frau sich so zum Affen machen?

Ich schüttele den Kopf, komme nun langsam wieder zu mir und fühle mich auch wieder ganz gut in Form. Irgendwie ist es auch eine Frage der Ehre. Priscilla werde ich es zeigen! So lasse ich mich nicht noch mal von ihr abservieren. Jede Wette, dieses Mal läuft es anders! Ähm, na ja ... das Thema Wette lasse ich mal besser!

Also los: Motzi schreitet zurück ins Leben.

Dabei frage ich mich, ob ich noch ganz richtig im Oberstübchen bin? Was will ich ausgerechnet von einem Jungen, der schon durch seinen T-Shirt-Aufdruck erkennen lässt, dass er neben allen möglichen anderen Hobbys, schwerpunktmäßig eines ganz besonders pflegt: Mädchen anbaggern!

Sein Herz ist wie ein Bienenhaus …

… die Bienen sind darin die Mädchen, sie fliegen ein und fliegen aus, grad wie in einem Bienenhaus … tadam!!

Ich weiß auch nicht, warum mir grade jetzt Opa Knackstedts Bienenkorb-Song in den Kopf kommt … Er ist Hobby-Imker, aber ich …?

Na, okay, wo – wie in meinem leeren Gehirn – Platz ist, da lässt sich halt immer mal ein Gedanke nieder, und sei es nur der an einen ultraalten Schlager oder Operetten-Song. Der ist doch garantiert noch von vor der Wiedervereinigung …

Aber er könnte natürlich auch auf Manu zutreffen. Wer weiß, wie viele Groupies in sein Herz hineingeschwirrt sind und auch wieder rauskatapultiert wurden.

Für mich bist du schön! Na, klar! Mit so einem Spruch kann man fast alle Girls bezirzen. Das hört doch jedes Mädchen gern, mich eingeschlossen, und wenn es dann noch vom Chef einer angesagten Schulband kommt …

Ach, Manno! Warum läuft denn immer wieder alles gleich ab. Immer nach demselben Schema – jedenfalls bei mir: Ein Typ ist freundlich zu mir, er grinst mich an oder macht ein Kompliment … süße Zahnlücke und so … ich grinse zurück … man trinkt 'ne Coke zusammen und dann … ja, dann passiert einfach nichts. Egal ob mich ein Typ schön findet oder nicht – nach der Cola ist Schluss. Und dabei hat es nicht mal angefangen!!! WAS mache ich falsch?

Na gut, jetzt übertreibe ich vielleicht ein bisschen … mit sooo vielen Typen habe ich ja nun auch noch keine Cola getrunken … äh … eigentlich nur mit Manu, so etwa anderthalbmal. Ist vermutlich nicht grade repräsentativ …

Gut, die Frage muss ich auch gar nicht beantworten, denn ich habe mir ja inzwischen gesagt – nach Hinzuziehung meiner Mutter, als Psychologin für Lebenskrisen –, dass ich einfach noch nicht reif für eine Beziehung zu einem Jungen bin.

Meine Igelschnäuzchen, äh, Brüste nicht, meine Hinterseite nicht und, was am wichtigsten ist, mein Kopf und mein Herz ebenfalls noch nicht.

Den Bauch lasse ich jetzt mal außen vor, denn der ist kein zuverlässiger Ratgeber. Da wuseln und flattern die Schmetterlinge nämlich ständig drin herum. Sobald die nur männliche Duftstoffe in die Nase kriegen, machen die Randale im Sperrbezirk. Dieses verflixte Kribbeln, was dann entsteht, könnte einen schon in gewisser Weise schwach werden lassen …

Mich als vernunftbegabtes Wesen hingegen lassen männliche Duftstoffe inzwischen so was von kalt. Wenn das nicht so wäre, dann könnte ich wohl kaum noch zur Schule gehen – die ganze Klasse stinkt danach. Aber selbst wenn die Typen nach *Tausend-und-einer-Nacht* (gibt's inzwischen auch als Duschgel) riechen würden, meine Schmetterlinge haben momentan absolutes Schwirrverbot.

Ich gucke die Kerle gar nicht mehr an, die sollen mal schön da in ihrer Jungscorner hocken und mich in Ruhe lassen. Sonst komme ich überhaupt nicht mehr zum Lernen, und das könnte sich fatal auswirken. Sooo sicher ist meine Versetzung schließlich auch nicht.

Okay, also zurück zu dem Bienenstockbesitzer … Manu, dem Chef der *Hot Feet*. Wenn ich Sofie nicht blamieren will, muss ich mich dem wohl jetzt mal eben kreischend an den Hals werfen, denn sie hat ihm ja blöderweise gesagt, dass ich total in ihn verknallt bin. Verknallte Girls machen das backstage, sich ihrem Lieblingssänger kreischend an den Hals werfen.

Doch, da bin ich mir nach einschlägigem Quellenstudium bei YouTube absolut sicher.

Ich schaue noch mal in den Spiegel, okay, die Leichenblässe, die mich nach meinem fast Zusammenbruch ins Zombiehafte verändert hat, ist einer etwas gesünderen Gesichtsfarbe gewichen. Mit Priscillas Mallorca-Bräune aus dem Schnitten-Toaster kann ich allerdings nicht mal annähernd mithalten. Aber *kein* Hautkrebs mit dreißig ist ja auch nicht zu verachten.

Nein, da lebe ich schon etwas bewusster. Bleibt mir

auch gar nichts anderes übrig, da meine BFF mir jegliche Belustigung mit Gesundheitsrisiko oder ethischer Bedenklichkeit sofort übel nehmen würde. O-Ton Miss Sofie: »Ich rede mir den Mund fusselig, weil ich an deine Zukunft denke, und du bist einfach nur ignorant. Hast du denn kein bisschen Verstand, Motzi?«

Nö, habe ich tatsächlich aktuell nicht zur Verfügung, ist zurzeit auf dem Abstellgleis meines Verschiebebahnhofs im Gehirn zwischengeparkt. Vermutlich in einem Gefahrgut-Transport mit Totenkopf-Aufkleber! Uhuuu.

Da gehört eigentlich das ganze Gehirn hin. Viel zu gefährlich, seine gedanklichen Ausblühungen auf die Menschheit loslassen. Schon schlimm genug, was meine Familie und Miss Sofie und, ja, auch meine Lehrer deswegen leiden müssen.

Ehrlich, so ein pubertätsbedingter Gehirnumbau ist ziemlich lästig und der zieht und zieht sich … Ich habe echt keine Lust mehr! Grade jetzt, bei der Begegnung mit Manu, könnte ein bisschen intakte Gehirnmasse gar nicht mal schaden. Alles nekrotisches Gewebe, meint Miss Sofie jedoch, alles am Absterben. Echt gruselig!

Na gut, was nicht ist, ist nicht und daher werde ich es also so machen wie eben angedacht. Miss Sofie soll nicht meckern, wenn es nicht klappt.

Ich habe heute extra ein paar Kniefälle vor Mamas Buddha zelebriert, damit mir Erleuchtung zuteil und mein Karma energetisch positiv aufgeladen wird. Hm, keinen Schimmer, ob so ein Karma wie ein Akku funktioniert, aber Sinn macht es bestimmt.

So und jetzt gehe ich. Hasta luego! Das ist spanisch und heißt: Bis bald. Was auch immer dazwischen passiert, ich werde um eine Erfahrung reicher sein. Und jede Erfahrung ist ein Meilenstein auf dem Weg zur Erleuchtung. Das sagt zumindest Gautama Buddha – und der muss es wissen!

Meeting mit dem Bienenkönig – Backstage!

Ich trete aus dem Waschraum und brettere fast in Sofie rein.

»Was klebst du denn hier an der Tür?«, frage ich sie erstaunt. Warum ist sie nicht oben beim Saal geblieben?

»Ich wollte mal nach dir sehen. Du bist schon ewig weg und ich hab mir Sorgen gemacht. Geht es dir besser?«

»Sieht man das nicht?«

Sie wirft mir einen prüfenden Blick zu. »Doch, jetzt, wo du es sagst. Deine Gesichtsfarbe wirkt wieder etwas gesünder.«

»Gut, dann kann ich mich ja wieder ins Getümmel stürzen.«

»Von wegen, du gehst schleunigst hinter die Bühne. Manu hat grade die Pause angekündigt.«

»Dann rennen doch bestimmt jede Menge Mädchen jetzt zu ihm.«

»Nein, tun sie nicht. Manu hat gesagt, er macht am Ende des Konzerts ein Get-together mit Fragen und Autogrammen. Wörtlich hat er ihnen erklärt: Jetzt müsse er mal eine echte Pause haben.«

»Aber das hat er nicht meinetwegen gesagt, oder?«

»Herzchen, natürlich hat er das! Er will mit dir allein sein.«

»Äh, ja, aber ich … ich … will das vielleicht gar nicht … Ich steh nicht so auf, äh, Alleinsein mit Jungs … äh … die ich kaum kenne.«

Ehrlich gesagt stehe ich da nicht mal bei Jungs drauf, die ich kenne … nun ja, eben, weil ich sie kenne! Ach, ist ja auch Currywurst!

Würde bestimmt voll öde werden. Ich weiß ja nicht mal, was ich mit Manu reden soll. So der Musikfreak bin ich nun auch nicht.

»Hast du noch ein paar Tipps, Sofie? Du, als versierte Anbandelungsberaterin und hochgebildete Person, wirst doch sicher etwas auf Lager haben. Was sagt denn dein Rhetorik-Ratgeber? Hat der für so ein Backstage-Date nichts Brauchbares?«

»Nun, es gilt, was immer gilt: Wenn du in eine peinliche Situation gerätst, einfach weiterreden. Egal was, Hauptsache reden. Quatsch ihn an die Wand, nur lass dir auf keinen Fall anmerken, dass du verlegen bist oder nicht weiterweißt.«

Och, das klingt ja gar nicht so schwierig. Reden kann ich schließlich wie ein Wasserfall. Bin wohl mit Quassel- statt mit Weihwasser getauft worden.

»Also ich gehe dann, kommst du mit? Mir wäre es lieb, wenn du wie immer in Sicht- oder Hörweite Posten beziehen könntest. Dann, äh, fühle ich mich sicherer.«

»OMG! Nun übertreib aber nicht. Das ist ein ganz normaler Junge von unserer Schule, der zufällig als Hobby Musik macht. Der frisst keine Mädchen. Der reißt ihnen nicht mal ein Haar aus.«

»Vermutlich nicht, aber was ist mit dem Herzen? Vielleicht reißt er den Mädchen das Herz aus. Weiß man's?«

»Mensch, Motzi, jetzt lass doch mal dein Herz aus dem Spiel oder nein, nimm es einfach mal in beide Hände und trau dich was! Auch in der Liebe muss man was riskieren.«

Die hat gut reden! Was riskiert *sie* denn schon groß? Mit einem Nerd Gedichte zu schreiben, was soll denn daran ein Risiko sein?

Aber gut, dann bleibe ich am besten bei meinem ursprünglichen Plan und falle ihm kreischend um den Hals. Wenn er das erwartet, dann soll er das auch haben. Punkt!

»Nun komm auch, Sofie«, habe ich es, nachdem mein Entschluss gefasst ist, plötzlich eilig. »Nicht dass er noch abhaut, weil ich zu spät bin.« Oder womöglich mit einem anderen Mädchen mein Date macht. Nö, das will ich ja nun auch nicht. Und noch einmal sage ich mir, dass ein Typ, der sich an meine süße Zahnlücke erinnert hat, ja so übel eigentlich nicht sein kann.

Ist er auch nicht.

Wir treffen nahezu gleichzeitig hinter der Bühne ein, genau genommen prallen wir mit vollem Karacho zusammen, weil ich im Halbdunkel die Treppe zur Hinterbühne rauf- und er sie offenbar runterwollte.

Wir halten uns Schädel und Kinn und stammeln gleichzeitig eine Entschuldigung. Autsch, muss er mir gleich die Schädeldecke zertrümmern? Fängt ja heiter an.

»Äh, bisschen finster hier …«, murmele ich.

»Sehr finster«, stimmt er mir zu. »Habe ich dem Hausmeister schon mehrfach gesagt. Hier an der Treppe müsste zumindest ein Notlicht sein.«

Ich nicke. »Ja, Notlicht, genau. Ist doch sicher auch ein Fluchtweg …«

»Deswegen sage ich es ja …«

Finde ich sympathisch, also, dass es hier gleich einen Fluchtweg gibt. Kann vielleicht mal nützlich sein.

Ich drehe mich nach Sofie um. Weg. Sie ist tatsächlich einfach abgehauen. Na ja, sie wird sich bestimmt irgendwo versteckt haben, um uns unauffällig beobachten zu können. Die lässt mich in so einer Situation nicht im Stich!

»Wollen wir in meine Garderobe gehen?«

Ich bin geplättet. »So was gibt es hier?«

»Okay, ist vielleicht etwas hochgestapelt«, er grinst mich total schelmisch an, »aber wir haben hier hinter der Bühne so ein Kabuff, in dem wir uns umziehen können. Da steht auch ein Kasten mit Getränken. Darf ich dich einladen? Ich habe total den Brand!«

Das kann ich mir denken, nach einer Dreiviertelstunde vollem Programm. Und weil er das eigentlich sehr süß gesagt hat, nicke ich und folge ihm ins »Kabuff«. Sofie wird schon aufpassen, beruhige ich mich dabei. Denn so ganz geheuer ist es mir nicht, mit ihm einfach in einen Raum zu gehen, in dem auch noch ein Getränkekasten auf ihn wartet. Der wird sich doch jetzt nicht einen ansaufen?

Nee, sicher nicht, er muss ja noch mal auf die Bühne … aber die sollen ja alle ziemlich viel trinken, diese Musiker … und Drogen nehmen … und … OMG!!! WAS MACHE ICH HIER?!

Wir stehen vor der Tür und ich weiß ganz plötzlich, dass ich da doch nicht mit ihm allein reingehen will, in dieses, dieses Kabuff!

Aber was tue ich jetzt nur? Ich will ja weder bei ihm noch bei Sofie den Eindruck erwecken, ich wäre feige.

»Komm«, sagt er nun, »oder hast du Schiss mit mir allein?«

Das kann ich nicht auf mir sitzen lassen, also greife ich zu meinem Notfallplan und hechte ihm – haste nicht gesehen – noch *vor* der Tür an den Hals. Dabei kreische ich, was meine Stimme hergibt, alle YouTube-Sprüche gleichzeitig: »OMG, Manu! Ich, bin ja sooo in dich verknallt! Du bist GENIAL! Ich, ich muss dich einfach mal drücken, ich … ich … ich hab …«

»… einen Hirnriss?« Er pflückt mich von seinem Hals

und stellt mich wieder auf die Füße. »Kann es sein, dass du nicht verknallt bist, sondern einen Knall hast, Motzi?«

Ich bin verwirrt. »Nee, nein. Warum fragst du? Ich, ich dachte, du erwartest, dass dir die Mädchen kreischend um den Hals fallen. Dein Herz ist bestimmt wie ein Bienenstock ... Alle wollen da rein und du ... du weist doch auch kein Mädchen ab ... Du hast es doch auf deinem Shirt stehen ... dass du sie alle schön findest ...«

Okay, soweit Sofies Tipp mit dem Vollquatschen.

Sein Lachen ist dröhnend, aber es wirkt nicht vernichtend, also nicht irgendwie hämisch oder beißend oder spöttisch und gemein ... Nein, er lacht einfach, als hätte ich ihn amüsiert. Dann macht er die Tür zum Kabuff auf, schaltet das Licht an und zieht mich hinein.

Hilfe, Sofie!!!

Aber statt über mich herzufallen, fällt er über den Getränkekasten her wie ein Verdurstender in der Kalahari-Wüste. Er öffnet mir eine Coke und schiebt mich, weil ich stockstarr in dem engen Raum stehe, zu einem recht zerfledderten Sperrmüllsessel.

»Setz dich«, sagt er, »bitte, nimm Platz.«

Ich sinke in das ausgesessene Polsterteil und er macht sich ebenfalls eine Coke auf. Damit plumpst er in den zweiten Sessel, der noch weniger vertrauenerweckend aussieht als der, auf dem ich zusammengefaltet hocke.

»Bist ja neulich so schnell verschwunden«, sagt er und

es klingt arglos. Tut er nur so oder hat er Priscilla wirklich schon wieder vergessen?

»Äh, ja, ich ... ich ... ein wichtiger Termin!«

»Aha«, sagt er völlig desinteressiert, stößt seine Flasche gegen die meine und prostet mir zu. »Auf unsere Freundschaft, Motzi! Oder schlägst du was anderes vor?«

»Äh, nein ... äh, ja, auf unsere Freundschaft!«

Wir trinken und ich fange an, darüber nachzudenken, was er unter Freundschaft versteht und wie lange wohl so eine Pause dauert ... sehr lange ... viel zu lange vermutlich.

»Ich glaube, ich sterbe.«

»Unsinn«, sagt er plötzlich mit erstaunlich sanfter Stimme zu mir. »An Cola stirbt man nicht.«

Uups, mal wieder laut gedacht ... »Aber an Herzversagen.«

»Aber ich *versage* dir mein Herz doch gar nicht, Motzi.«

Das macht er extra, mich falsch verstehen.

Er lacht leise, dann nimmt er wieder einen kräftigen Schluck aus der Pulle. »Gefällt dir das Konzert?«

Oh, das ist gut. Ja, das machen wir: Small Talk. Wir reden jetzt über das Konzert ... äh ... ja, von dem ich so viel bisher ja nicht mitgekriegt habe. Egal, noch mal *Tricks und Tipps für die erfolgreiche Gesprächsführung – für Anfänger.* *g*

»Aber ja, also das Konzert, das, das gefällt mir mega ... das ist voll der Burner ...«, stottere ich hilflos.

»Klar, jetzt sag nur noch, dein ›*Herz, das brennt*‹ bei unserer Mucke!«

Ich werde rot. »Jetzt hast *du* aber wieder mit dem *Herz* angefangen …«

»Tja, als notorischer Herzensbrecher kann ich einfach nicht anders!«

OMG! Herzensbrecher und auch noch notorisch! Ich habe es doch geahnt, jetzt wird er bestimmt gleich zudringlich und will mich küssen … was mache ich nur? Also wenn er versucht mit Zunge … Ich fühle, wie die Schmetterlinge in meinem Bauch nun völlig verrücktspielen … Im schlimmsten Fall beiße ich sie ihm ab … doch … das mache ich! HILFE, Miss Sofie!!!

Es klopft an die Tür. Sofie steckt ihre Nase herein. Ein Stein poltert von meiner Seele.

»Du sollst auf die Bühne kommen, Manu, die Jungs wollen weitermachen, die Mädchen fangen an zu randalieren.«

Meine Schmetterlinge hören abrupt damit auf und entspannen sich. Ich auch.

Manu trinkt den Rest der Coke und nimmt mehrere Flaschen Wasser mit auf die Bühne. Ich sag doch, immer dasselbe Schema … Was haben wir gemacht? Na WAS? Cola getrunken … und dann? Dann sind wir als FREUNDE auseinandergegangen … und ewig grüßt das Murmeltier! Ich könnte Pickel kriegen!

»Man sieht sich, Motzi«, sagt Manu bei seinem Abgang noch zu mir. »Und denk nicht so schlecht über Musiker.«

»Aber ich denke doch gar nicht«, stammele ich und Sofie ergänzt: »Dazu ist Motzi zurzeit wirklich nur eingeschränkt in der Lage.«

Jetzt lacht Manu. »Ach so, das erklärt einiges. Macht bitte die Tür zu, wenn ihr geht.«

Weg ist er und ich falle Sofie in die Arme.

Das war doch alles nur ein Traum … oder? Egal, jetzt bin ich jedenfalls aufgewacht und das ist mir auch ganz lieb so.

(K)ein Typ von der Stange

Also, ich sag mal so: Meine Gehirnbaustelle ist immer wieder für Überraschungen gut, denn wie soll ich es anders erklären, dass mir plötzlich Dinge auffallen, die ich früher gar nicht wahrgenommen habe beziehungsweise auch gar nicht wahrnehmen wollte.

Wie zum Beispiel diesen Jungen heute Morgen im Bus, den ich eigentlich kennen sollte … zu dem ich aber grade überhaupt keine Peilung habe. Klar, weil Jungs in meinem Universum momentan eine sehr untergeordnete Rolle spielen. Das Date mit Manu hat daran nichts geändert – null – niente – nothing! Im Gegenteil.

Heute steht also dieser Junge, zu dem ich keine Peilung habe, im Bus an derselben Haltestange wie ich und ist plötzlich wie aus dem Nichts DA! Einfach so – materialisiert und existent. From zero to hero! Na ja, das wäre etwas übertrieben, aber eins ist unbestreitbar: Es GIBT ihn.

Er duftet angenehm frisch, hat störrische dunkle Haare, und als seine Hand an der Stange meine ein wenig berührt, zucken wir beide zusammen. Ich glotze ihn vermutlich an wie ein Mondkalb die Sonne, denn ich muss blinzeln. Heavens!

Wer ist das?, frage ich mich, denn ich kann ihn wirklich nicht einordnen. Neu?

Mann sieht mir meine Orientierungslosigkeit wohl an, denn der Typ grinst ein wenig verlegen und sagt dann: »Sorry!«

Mehr nicht. Nur »Sorry«. Aber wie er das sagt … also ich wusste gar nicht, dass »Sorry« ein so wundervolles Wort ist …

Tja, okay, vielleicht ist auch nur seine Stimme wundervoll – obwohl, das ist jetzt wohl etwas übertrieben.

Jahaaa! Ich weiß, Jungs haben keine *wundervollen* Stimmen. In Romanen jedenfalls klingen sie taff, markant, dunkel, wohltönend, samtig, lässig, cool … was weiß ich nicht alles, jedenfalls nicht *wundervoll*. Nur bei diesem Typ, da ist es tatsächlich anders. Aber vielleicht liegt es doch eher am Wort als an der Stimme … Kann es ja mal testen.

»Sag es noch einmal.« Uups, nein, stopp! Das habe ich jetzt nicht wirklich …? Doch!

Zwei Fragezeichen in zwei wunderschönen blauen Augen schauen mich an. »Entschuldigung?«

»Äh … schon gut.« Bin ich vor den Kopf getitscht? Während ich mich noch über mich ärgere, wüsste ich weiterhin gerne, woher ich den Typ kennen könnte?

Er schaut jetzt wieder aus dem Fenster. Duftet immer noch ausgesprochen frisch vor sich hin, berührt mich aber nicht mehr, weil er seine Finger ein wenig höher um die Haltestange geschlungen hat. Doch, kann man so bezeichnen, denn er hat sehr schlanke Hände und recht lange Finger ... die kann man schlingen ... auch um Haltestangen im Bus. Ob er Klavier spielt? Jungs mit solchen Fingern sind geborene Pianisten, würde unsere Musiklehrerin sagen. OMG, wen interessiert's?!

Priscilla steht plötzlich neben uns. Stimmt, ich habe sie beim Einsteigen mit ihren Freundinnen auf der Rückbank hocken sehen. Schnatter, schnatter! Was will sie hier?

»Hi, Motzi«, begrüßt sie mich beiläufig, textet dann aber sofort den hübschen Jungen zu.

Doch, ich ordne ihn jetzt mal da ein: Kategorie hh – hübsch und höflich.

»Gunda lässt fragen, ob du übermorgen mit ihr die Klavierstunde tauschen kannst? Sie hat eine Präsentation beim Voltigieren und schafft es sonst nicht.«

Der Hübsche gräbt sein Handy aus der Jeans und schaut offensichtlich auf den Terminplaner.

»Wann ist das bei ihr?«

»15 Uhr.«

»Okay, könnte klappen. Sie kann dann meine 17-Uhr-Stunde haben.«

»Prima«, flötet Priscilla und schmeißt den Jungen händeweise mit Dankbarkeit voll. »Du bist wirklich ein Darling, Julius!«

Julius? Ich frage mich immer noch, ob ich den Typ

kennen müsste. Also aus meiner Klasse ist er nicht, da bin ich mir sicher. Ziemlich sicher jedenfalls.

»Keine Ursache«, murmelt der und es klingt nicht mehr ganz so wundervoll wie das »Sorry« von eben. Aber das ist ja nur logisch, wenn man grade in einem Meer überschwappender Dankbarkeitsfloskeln absäuft … da leidet auch die Stimme, so kurz vorm Ertrinken … äh, ja …

Dass Priscilla aber auch immer so übertreiben muss, in allem. Beim Körperwachstum ja leider auch … fürs Gehirn will ich da keine Prognosen stellen. Es soll ja – besonders in der Pubertät – Menschen geben, die ohne Gehirn reden können … jahaaa … Ich zähle mich auch manchmal dazu. Ist so! Damit muss frau leben, jedenfalls vorerst.

Es war schon eine ziemlich hirnlose Aktion, Priscilla einzuspannen, um Jean-Pascal und Sofie auseinanderzubringen. Als sie ihn wegen der Franz-Nachhilfe gefragt hat, da habe ich echt gedacht, sie wäre scharf auf ihn. Aber das war wohl, Gott sei Dank, ein Irrtum. Sonst würde sie ja nicht schon wieder diesen Julius angraben.

Ich bin echt erleichtert, weil ich doch Sofie nichts Böses wünsche und Priscilla am Hals von Jean-Pascal, das wäre doch echt die Pest!

»Ich schicke Gunda gleich eine WhatsApp«, flötet Priscilla und schwirrt zu ihrer Clique zurück. Irgendwie wirkt sie auf mich immer wie eine bekiffte Kleidermotte, wenn sie so zwischen den Leuten herumflattert.

Sie gackert gleich los und tippt dabei eifrig auf ihrem Smartphone rum. Wenig später dudelt es den neuesten Klingelton. Sie checkt das Display und ruft dann durch den Gang, sodass es der ganze Bus mithören kann: »Sie ist voll happy, JULIUS! Du hast sie echt glücklich gemacht!«

OMG! Die Hand von Julius rutscht abrupt an der Stange runter und stößt auf meine. Klar, ganz offensichtlich ist ihm bei dieser Peinlichkeit sofort der Schweiß in den Handflächen ausgebrochen. Jedenfalls wäre es bei mir so und das hat ja dann in etwa eine Gleitwirkung auf Metallstangen wie Schmieröl. Flutsch … klebt seine Pfote erneut auf meiner. Was soll das werden?

Ich blicke bei der Berührung erneut erschrocken auf und ramme ihm dabei meinen Kopf unter das Kinn. Verdammt!

»Sorry!«

»Sorry!«

Stoßen wir beide gleichzeitig hervor.

Ich ziehe den Kopf etwas zurück, sehe, dass er sich mit der freien Hand das Kinn reibt und wieder einen sehr fragenden Ausdruck im Gesicht trägt. Die andere Hand, die an der Stange, klebt weiter auf meiner.

»Nicht mein Tag, heute«, sage ich.

»Meiner auch nicht.«

Das ist hart, wenn zwei Menschen, mit denen es das Schicksal offensichtlich nicht gut meint, sich gemeinsam an eine Stange klammern. Wie soll das enden?

Ich denke an die *Titanic* und befürchte eine Katastrophe.

Er teilt meine Befürchtungen wohl, denn er meint: »Geballte bad vibrations?«

»Na ja, so schlimm ist es jetzt nicht, aber komm ja nicht auf die Idee, mit Priscilla den Platz zu tauschen. Das wäre dann echt zu viel für mich.«

Er lacht. »Du bitte auch nicht.«

Hörsturz! Hat der »bitte« gesagt? Bitte nicht mit Priscilla den Platz tauschen? Die bad vibrations switchen weg und ein Hochgefühl ergreift mich.

Klar, wenn ein Junge lieber neben mir als neben Priscilla mit ihrem Superbusen und ihrem Knackpo stehen möchte, dann ist das ja wohl ein Grund zur Freude … äh … zumindest bemerkenswert!

Jetzt, wo wir quasi miteinander ins Gespräch gekommen sind, habe ich nun doch das Gefühl, Julius tatsächlich von irgendwoher zu kennen. Muss ja rauszukriegen sein. Also frage ich erst mal verdeckt investigativ: »Woher kennst du Priscilla eigentlich?«

Okay, warum der mich jetzt wie ein Alien anstarrt, werdet ihr gleich verstehen, denn … Schande über mich … der Typ sagt: »Woher kennst du sie denn?« und hat dabei ein diabolisches Glitzern in den jetzt dunkel schimmernden Blauaugen.

Ich kapiere die Anspielung nicht und antworte wahrheitsgemäß: »Wir gehen in dieselbe Klasse.«

Er nickt. »Interessant, das ist nicht zufällig meine Parallelklasse?«

Hä?

Der Typ macht ein Geräusch, als hätte er den halben Inhalt einer Tüte Lach-Gummis im Hals stecken, und weil ich das reichlich grottig von ihm finde, wende ich mich wütend ab. Sind doch alle gleich, die Kerle! Ich ziehe meine Hand unter der seinen weg.

Soll er auf seine Flossen mal ein bisschen besser aufpassen, denke ich angeranzt.

»Werde mich bemühen«, sagt er und ich laufe wieder rot an. Kann ich eigentlich nie meine Klappe halten? Ist ja peinlich, wie mir immer wieder meine Worte ohne Kontrolle durch mein Gehirn über die Lippen holpern. Die sollen gefälligst bis zur Schlussabnahme in ihren Waggons auf dem Abstellgleis meiner Gehirnbaustelle bleiben. Würde mein Leben echt vereinfachen.

Also ist mal wieder eine Entschuldigung fällig.

»Das, äh, war nicht so grob gemeint, wie es vielleicht geklungen hat.«

»Schon gut«, meint er lässig, »wenn man ein Typ ohne Eigenschaften ist, freut es einen ja, überhaupt wahrgenommen zu werden … also von einem so … so … präsenten Mädchen …«

Hm, wieso stockt er? Hat er vielleicht eigentlich »peinlichen« oder »verhaltensauffälligen« Mädchen sagen wollen? Ganz falsch wäre das ja auch nicht … Egal!

Ich falle ihm ins Wort: »Aber so ist das nicht ... ich meine, ich habe dich schon mal gesehen ... aber ich fahre selten mit dem Bus ... meistens mit dem Fahrrad. Da begegnet man sich nicht so oft – und in der Schule ... da sind eben immer so viele ... Leute.«

»Lass nur, Motsi«, sagt er mit weichem Sss! »Ich bin es gewöhnt, übersehen zu werden. Bin halt voll der Normalo. Du hingegen fällst schon auf mit deiner Art.«

Ach, was habe ich denn für eine Art?, hätte ich ihn gerne zur Rede gestellt, aber das lasse ich mal lieber, in meinem eigenen Interesse. Stattdessen versuche ich, sein von mir grade in die Tonne getretenes Selbstbewusstsein wenigstens ein bisschen wiederaufzurichten und sage mit einer fast zum Flüstern gesenkten Stimme: »Weißt du, mein Gehirn, das ist grade im Umbau und da sieht man viele bekannte Dinge plötzlich mit ganz anderen Augen, sie kommen einem gänzlich neu vor ... meint jedenfalls Sofie. Also grade bei Jungs ... da ist die Wahrnehmung manchmal besonders eingeschränkt ...«

Ich beiße mir auf die Zunge. Geht's noch? Hat mich der Duft seines Deos besoffen gemacht? Drehe ich denn voll am Rad? Wie kann ich den so zutexten?

Julius lacht.

»Was denkst du denn jetzt bloß von mir?«, seufze ich verzweifelt.

»Da mach dir mal keinen Kopf«, meint er und der Schalk blitzt in seinen Augen. »Ich denke gar nichts, denn mein Gehirn ist auch nicht grade in der besten Verfassung …«

Sein Lächeln ist voll flirty. Ein Romantiker würde sagen »sweet«. Bin ich aber nicht mehr. Nein, Romantik überlasse ich Miss Sofie und Jean-Pascal. Denn wenn mir jemand jeden Tag ein Gedicht schreiben würde, müsste ich Pickel kriegen.

Der Bus hält und der *Junge ohne Eigenschaften* murmelt: »Man sieht sich« und ist weg.

Ich jage hinterher, aber er geht schon mit langen Schritten zum Schulhof rüber.

Wie blöd, dabei hatte ich ihm doch nur noch sagen wollen, dass er keineswegs so ohne Eigenschaften ist: Immerhin spielt er Klavier und ist hilfsbereit und höflich. Das ist mehr, als die meisten Jungs aus meiner Klasse vorzuweisen haben.

Warum ich ihn bisher trotzdem übersehen habe, erklärt das allerdings auch nicht. Aber wo sich die Kevins, Gerrits und Priscillas beim Vordrängen ständig gegenseitig übertrumpfen, gerät ein zurückhaltender Normalmensch vermutlich leicht aus dem Fokus. Blöd eigentlich.

Na, gut, dann muss jetzt mal Miss Sofie, mein wandelndes Wikipedia auf zwei Beinen, ran.

Weil grade das Auto ihres Vaters vor die Schule rauscht, passe ich sie ab und schwalle sie nach dem Begrüßungsküsschen sofort mit meinen News zu.

»Du glaubst nicht, was mir im Bus passiert ist … Ist dir dieser Julius schon mal aufgefallen? Er muss in unserem Jahrgang sein. Stell dir vor, er hat fast die ganze Fahrt über meine Hand gehalten … also an der Stange. Wir beide … eng umklammert … Kennst du ihn?«

»Ja, natürlich, der Junge ist bei Jean-Pascal in der Klasse. Was ist mit ihm?«

»Also, das klingt jetzt vielleicht etwas bescheuert, aber ich habe ihn heute zum ersten Mal richtig wahrgenommen.«

»Aha«, meint Sofie ziemlich frech grinsend, »RICHTIG wahrgenommen! Sag das doch gleich und, ist er süß? Einer der's wert sein könnte?«

»Was wert sein?«

Sie kichert und trällert: »Von dir geliebt zu werden …«

Jetzt dreht sie auch noch durch. Muss an der Großwetterlage liegen.

»Los, komm!«, knurre ich, greife nach ihrer Hand und zerre sie mit mir zur Klasse.

Jetzt eine Stunde Mathe und wir haben wieder einen klaren Kopf.

Im Paradies …

… war ja eigentlich alles ganz anders, als es die Überlieferungen behaupten. Also, na ja, genau weiß ich es nicht, aber aus feministischer Sicht könnte Gott ja auch eine Göttin sein und nicht zuerst einen Adam, sondern eine Eva erschaffen haben. Die hätte sich dann so allein mit den Blumen und Tieren bestimmt auch gelangweilt, aber dann hätte ihr die Göttin vielleicht eine Frau als Gefährtin an die Seite gestellt … Ihr merkt, worauf ich hinauswill …

Kein Adam – kein Mann, kein Mann – kein Stress und keine Versuchung … nix Paradise lost.

Noch heute würden die beiden, vorausgesetzt sie hätten ein ewiges Leben gehabt, gemütlich im Paradies lümmeln, Nektar schlürfen und Ambrosia verzehren und die liebe Göttin ein gute Frau sein lassen.

Peace all around … Oh happy day!! Every day.

Gut, ist nicht. Alles nur Fantasie – jungenfreie Welt gibt's nicht. Bei uns nicht mal eine jungenfreie Schule. Alles schön gemischt … also die Geschlechter miteinander … äh … untereinander, also mit dem nötigen Abstand natürlich! Da kann man sich schon mal übersehen. Ähm, ja.

Also gut, im Paradies ist es wohl doch anders gelaufen und bei uns in der Klasse tut es das ebenfalls.

Priscilla hat sich ja schon immer nach Gerrit und diesen ganzen Pansen den Hals verrenkt, aber es ist doch absurd, dass Miss Sofie in jeder Pause in den Flur rennt, um zu schauen, ob Jean-Pascal mal vor seiner Klasse eine raucht!

Nein, Quatsch! Natürlich raucht der nicht, darf man im Schulgebäude auch gar nicht. Die Raucherecke auf dem Schulhof ist ebenfalls nur für die Oberstufe und für die Lehrer. Von denen hängen ja einige total an der Fluppe. Aber Jean-Pascal würde sowieso keiner Sucht verfallen …

Das einzige Laster, das er hat, ist die Poesie. Gedichte schreiben. Da tobt er sich aus. Manchmal denke ich, es wäre doch besser, er würde stattdessen Priscilla Nachhilfe in Französisch geben. Kein Tag vergeht, an dem er Sofie nicht irgendeinen seiner lyrischen Ergüsse schickt. Per Mail oder WhatsApp – bei Letzterem ist es meist ein Haiku … so ein japanisches Kurzgedicht – mehr so ein Sinnspruch – also das kann ich auch … Sinnsprüche … noch besser allerdings Unsinnssprüche.

Beispiele gefällig?

Das Denken fängt nicht immer im Kopf an!
Frag doch mal den Bauch!

Jean-Pascal schreibt natürlich erhabener:

Deine Sonne und mein Mond
bilden im Universum den Silberstreif am Horizont.

Oder so … Nein, war auch nur Spaß, sozusagen ein Motziku. *g*

Hier ist ein echter Haiku von Jean-Pascal. Sofie hat ihn mir weitergeleitet, weil sie ihn sooo toll findet:

Der Abendwind
streichelt dich mit meinen
gedachten Worten. DU!

Das ist doch wohl eine Unverschämtheit! Was denkt der sich eigentlich? Das DU gehört schließlich mir! Also mir und Sofie!

Sofie ist *mein* DU!! DU & ICH – für immer! Schon vergessen?

Da hat sich ein Typ überhaupt nicht dazwischenzudrängen. Das bringt mich echt zum Speien, so widerwärtig ist das. Und das Schlimmste ist: Sofie findet es auch noch gut und »überhaupt kein Problem für unsere Freundschaft«. Grumpf! Das sehe ich anders!

Ich frage mich allerdings auch immer wieder, ob da nicht im Geheimen doch was zwischen Priscilla und Jean-Pascal läuft. Und nur keiner von den beiden es bisher weitererzählt hat. Es ist so untypisch für Priscilla, ihn erst wegen der Nachhilfe anzuhauen und dann kein Sterbenswörtchen mehr darüber von sich zu geben. Na, wir werden ja sehen.

Dass er Sofie jetzt so extrem mit Gedichten vollmüllt, finde ich schon etwas bedenklich. Ein bisschen wirkt er auf mich wie ein Ehemann, der plötzlich seiner Frau ständig Blumen mitbringt, weil er sie heimlich betrügt und damit sein schlechtes Gewissen betäuben will.

Sofie scheint das überhaupt nicht zu stören und sie befürchtet offenbar auch nicht, dass da was schieflaufen könnte. Aber sie weiß ja auch nicht, dass ich Priscilla zu einer Flirtattacke auf ihren erlauchten Dichter angestiftet habe. Asche auf mein Haupt!

Vielmehr hat Sofie sich, wie es ihre Art ist, im Internet gleich mal schlaugemacht und jetzt schreibt sie auch Haikus und will echt ein E-Book im Selfpublishing daraus machen. *Haikus für WhatsApp* soll es heißen. Garantiert wird es auch noch ein Bestseller!

»Also, Sofie«, sage ich, als wir am Nachmittag nach den Aufgaben bei ihr im Ginkgo-Baum sitzen, einem angemessenen Ort, um auch mal über den Sinn von Haiku-Versen nachzudenken.

»Also, Sofie, versteh mich nicht falsch. Ich finde es großartig, dass Jean-Pascal da in dir offenbar ein neues Talent hervorgekitzelt hat, aber meinst du nicht auch, dass du deiner BFF, also mir, ruhig auch ab und zu ein Haiku schicken könntest? Da würde ich mich auch sehr drüber freuen.«

Miss Sofie schaut mich zweifelnd an und meint dann: »Okay, kann ich machen, aber versprich mir, dass du mir dann kein Haiku zurückschreibst.«

Ich starre sie frustriert an und murmele mit unterdrücktem Ärger: »Dann lass es, wenn du glaubst, dass nur DU so was kannst und natürlich dein genialer Jean-Pascal. Ich will da gar nicht in einen Wettstreit mit ihm treten. Aber bisher habe ich gedacht, dass du immer noch *meine* Freundin bist.«

Sie rudert zurück. Mit ihrer übertriebenen Wahrheitsliebe und taktlosen Offenheit macht sich Sofie selten Freunde. Ich habe das ja bisher immer ausgehalten, weil sie nämlich einen total guten Kern hat und auch unendlich schlau ist. Aber manchmal geht sie einfach zu weit. Nun gut, wenigstens schnappt sie heute nicht über … vor Selbstgerechtigkeit … sondern meint besänftigend: »Das habe ich gar nicht gemeint, ich will nur nicht, dass mein Handy ständig pfeift. Die vielen Kurzgedichte nerven schon ein bisschen. Besser wäre mal was richtig schön Langes, wie eine Ballade oder eine Ode …«

Oha, bloß das nicht! Damit soll sie lieber Frau Schönfelder beglücken, die ist als unsere Deutschlehrerin für so was zuständig. Nicht ich.

Ich springe vom Baum.

»Warte doch, Motzi, ich schick dir gleich was …«

»Ja, mach, aber ich muss los, sonst verpasse ich den Bus.«

Ich beeile mich, dass ich wegkomme, ehe es Streit gibt. Sofie ist in letzter Zeit reichlich kratzbürstig. Als ob es ihr egal wäre, wenn ich was krummnehme. Das gibt mir zu denken, denn so behandelt man ja seine beste Freundin schließlich nicht …

Im Bus pfeift mein Smartphone. Sofies Haiku ist eingetroffen.

Vom Ginkgo-Baum hüpft dein Lachen,
du trägst es im Arm mit dir fort.
Komm bald wieder vorbei und bring es unbedingt mit.

Sagte ich nicht, Sofie ist ein Genie?! Hach, ich liebe sie.

Wer nach der Liebe fischt, soll mit dem Herzen ködern …

(nach Mark Twain)

Was für ein TAG!

Alle Anhänger der Chaostheorie haben recht – das Leben ist eine Wundertüte und wenn man die schüttelt, dann purzelt alles, was drin steckt, aus ihr raus, und wie es dann zu liegen kommt, das kann niemand voraussagen, denn es ist absolut chaotisch, ohne Ordnung und auch ohne Sinn.

Und dennoch glauben die meisten Menschen immer wieder, es gäbe ein Schicksal, das ihr Leben in die Hand nimmt und gnädig damit umgeht, Gerechtigkeit und Ungerechtigkeiten in einem verträglichen Maß mixt und Glück und Freude, Unglück und Traurigkeit in einem ausgewogenen Verhältnis verteilt. FALSCH!

Alles nur Zufall und Chaos. Ihr glaubt es nicht – ihr werdet es gleich glauben, wenn ihr lest, was mir heute passiert ist:

Erst einmal kommt Sofie am Morgen völlig aufgelöst aus der kleinen Pause und kurz nach ihr tritt Priscilla in die Klasse. Beide würdigen sich keines Blickes, gehen schnurstracks an ihre Plätze und pflanzen sich neben ihre BFFs. Also Priscilla neben Gunda und Sofie neben mich.

Priscilla beginnt sofort auf Gunda und Sofie auf mich einzureden.

»Wieso sagst du mir nicht, dass Priscilla Jean-Pascal schon seit zwei Wochen Nachhilfe in Franz gibt?«

Das zu hören wundert mich nun selbst. Einkalkuliert hatte ich es, also als Möglichkeit nicht völlig ausgeschlossen, aber gewusst natürlich nicht.

»Woher soll denn ich das wissen? Keiner von beiden hat mir eine WhatsApp geschickt.«

»Du hättest es mir sagen müssen.«

»Ich *habe* es *nicht* gewusst! Und sowieso … ist Jean-Pascal vielleicht mein Freund? Was habe ich mit seinem Nachhilfeunterricht zu tun.«

Ich schiele zu Priscilla rüber und wüsste wirklich gern, was sie mit Gunda zu besprechen hat. Hoffentlich hält sie mich da raus. Zu blöd, dass Priscilla nun doch noch aktiv geworden ist, und dann auch noch heimlich. Von ihr hätte ich mir das denken können, aber dass Jean-Pascal da mitmacht und Sofie nicht ein Sterbenswörtchen davon gesagt hat, das wundert mich nun doch und gibt meiner Theorie recht, dass die vielen Haikus vermutlich nur seinem schlechten Gewissen entsprungen sind. Wenn ich Sofie wäre, dann würde ich jetzt auch einen dicken Hals kriegen.

»Findest du das nicht auch höchst alarmierend?«, fragt Sofie und ist immer noch völlig von der Rolle. »Er hätte es wenigstens mit mir besprechen müssen … sie … sie ist die übelste Sexbombe des ganzen Jahrgangs, vor ihr ist kein Junge sicher.«

Tja, deswegen hatte ich sie auch ausgewählt. Ähm, Schwamm drüber. Inzwischen tut es mir ja leid.

Doch was sollte ich machen? Die Nachhilfeidee war schließlich nicht von mir, sondern ist ganz allein auf Priscillas Mist gewachsen.

Ich habe mir lediglich vorgestellt, dass sie ein bisschen mit Jean-Pascal flirtet ... also in der Schule und im Jugendzentrum vielleicht, wie sie es halt immer macht. Ganz öffentlich, wo Sofie das mitkriegt und sauer reagieren kann.

So eine Geheimaktion hatte ich dabei wirklich nicht im Sinn. Die ist natürlich extrem gefährlich, weil sie leider ganz schnell außer Kontrolle geraten kann. Priscilla lässt ja bekanntermaßen nichts anbrennen und geht gleich aufs Ganze. Was das heißt, könnt ihr euch ja sicher selbst ausmalen ...

Es sollte doch wirklich nur ein klitzekleiner Treuetest werden ... Na ja, schon mit offenem Ausgang.

Geweint hätte ich nicht, wenn nach dieser Aktion meine BFF wieder zurück in meine Arme geflüchtet wäre und den Jungs für alle Zeiten abgeschworen hätte. Blöderweise scheint sie aber echt an Jean-Pascal zu hängen, und so habe ich auch sogleich Mitleid mit ihr.

»Aber das muss doch nichts heißen«, versuche ich also, Optimismus zu versprühen.

»Wenn Jean-Pascal dich wirklich liebt, dann kann Priscilla so viel Sexappeal haben, wie sie will, und flirten, bis sich die Balken biegen, es wird ihn kaltlassen. Jemand, der Haikus schreibt, der kann doch nun wirklich nichts an Priscilla finden. Der hat doch eher einen verfeinerten Geschmack …«

Okay, ich fange an, Blödsinn zu reden, was aber auch daran liegt, dass es mir bei den Haikus schon wieder sauer aufstößt. Wenn er die tatsächlich nur so massenhaft schreibt, um Sofie zu beruhigen oder gar zu täuschen, dann wäre das nämlich eine echte Gemeinheit!

Männer sind eben alle gleich! Das sage ich Sofie jedoch nicht, sondern versuche, sie weiter zu trösten: »Vielleicht misst er dem Nachhilfeunterricht gar keine große Bedeutung bei … ja, bestimmt hält er den für so unbedeutend, dass er überhaupt nicht auf die Idee kommt, es könnte dich interessieren.«

»Das würde ich gerne glauben, wenn er einem lieben Fünftklässler helfen würde, aber nicht bei Priscilla … den Unterschied muss ich dir ja wohl nicht erklären …«

Sie ist richtig hochgetunt und bei meinen vergeblichen Versuchen, sie etwas runterzuholen, habe ich überhaupt nicht mitbekommen, dass Frau Schönfelder die Klasse betreten hat und am Lehrertisch sitzt, mit den Fingern auf die Tischplatte trommelt und offenbar schon eine Weile auf Ruhe wartet, damit sie mit dem Unterricht beginnen kann.

Auch Priscilla und Gunda nehmen keine Notiz von ihr und reden munter weiter. Ich also auch, die Sache ist jetzt wichtiger als Frau Schönfelders Unterricht.

»Sicher macht er es nur wegen dem Geld, das Priscilla ihm versprochen hat«, argumentiere ich. »Und es ist ihm peinlich, das zuzugeben. Dass er dir damit nicht imponieren kann, weiß er ja sicher. Also schreibt er zur Kompensation Haikus für dich.«

»Das ist Schwachsinn, Motzi!« Sofies Stimme klingt schrill und überschlägt sich fast. »Priscilla hat ja wohl noch mehr für einen Jungen zu bieten als Geld.«

»So, was denn?«, blubbert Kevin in die Klasse. »Sag schon, was hat Priscilla einem Jungen zu bieten?« Wer hat denn dem heute wieder seinen Verstand weggeföhnt?

Ich bin bedient. Muss der Hirni sich jetzt auch noch einmischen?

Frau Schönfelder reicht es ebenfalls. Sie wird laut und das kommt äußerst selten bei ihr vor. Sie springt vom Stuhl auf und brüllt: »RUHE!!!«

Alle erstarren vor Schreck. Selbst Priscilla und Gunda stellen ihr Gackern ein.

»Es ist mir völlig egal, was Priscilla oder sonst jemand in dieser Klasse zu bieten hat, Kevin. Solange es nichts mit dem Unterricht zu tun hat, ist das für niemanden hier von Bedeutung. Ist das klar?«

Kevin senkt den Kopf.

»Ich habe gefragt, ob das klar ist?«

»Ja, ist klar«, murmelt er und hält den Kopf weiter gesenkt.

Wir haben erwartet, dass Frau Schönfelder nun in den Unterricht einsteigt, aber da haben wir uns getäuscht.

»Priscilla, Motzi, Gunda und Sofie! Ich habe nun lange genug eure unterrichtlichen Nebengespräche toleriert, aber wenn ihr selber nicht merkt, wann das Maß voll ist, dann müsst ihr eben mit den Konsequenzen leben. Gunda und Motzi, tauscht bitte die Plätze! Sofort!« Ich kriege vor Schreck Gänsepickel.

Wie bitte? Das ist nicht ihr Ernst! Sie kann mich doch nicht von meiner BFF wegsetzen und dann auch noch neben meine Lieblingsfeindin!!! Sie weiß nicht, was sie da heraufbeschwört!

Weiß sie nicht, ist ihr aber offensichtlich auch egal. Als ich protestiere, wird sie geradezu schnippisch: »Ist es dir lieber, mit Gerrit zu tauschen und neben Kevin zu sitzen?«

Jetzt nimmt sie mich voll auf den Arm. Das gehört sich nicht für eine Lehrerin. Bisher habe ich sie immer für sozial und gerecht gehalten.

Ich mache noch einen Versuch mit einem Appell an ihre Menschlichkeit, aber auch auf dem Ohr ist sie heute taub.

Sie drängelt. »Entscheide dich, Motzi, ich möchte mit dem Unterricht beginnen, wir sind schon fast zehn Minuten zu spät und hängen sowieso mit dem Stoff nach, weil sich in dieser Klasse niemand konzentriert.«

»Das ist ja das Problem«, nehme ich einen allerletzten Anlauf, das Verhängnis noch abzuwenden. »Es ist der Gehirnumbau, und die Hormone und ...«

Die Klasse fällt mir in den Rücken und bricht in Gelächter aus. Esel!

»Das mag alles sein, Motzi, aber da leiden alle drunter und es ist darum nicht einzusehen, dass ihr Schnattergänse einen Sonderstatus genießt. Deine Lizenz zum Motzen ist jedenfalls bei mir abgelaufen.«

Oha, das klingt ernst, sehr ernst, völlig humorbefreit ... Sie kommt auf mich zu. »Wie hast du dich entschieden? Priscilla oder Kevin?«

Geht's noch?! Kein Mädchen setzt sich freiwillig neben diesen Hormonjunkie.

Vermuffelt packe ich meine Sachen und schlurfte zu Priscilla rüber, wo auch Gunda bereits ihren Kram zusammensammelt.

Widerwillig gibt sie ihren Platz frei. Sofie ist scheinbar zu Eis erstarrt. Nur Priscilla scheint das Ganze köstlich zu amüsieren.

»Mach es dir gemütlich, Motzi«, sagt sie mit gackerndem Kichern, »und danke noch mal für deinen Tipp. Eine Hand wäscht die andere, du hast einen Wunsch frei.«

»Ruhe!« Ertönt es noch einmal vom Lehrertisch, diesmal schon etwas leiser. »Lektürebuch raus und bitte Konzentration!«

In der großen Pause stürzt Sofie sofort auf mich zu. »Was hat Priscilla damit gemeint, dass eine Hand die andere wäscht?«

Hat sie nichts anderes zu tun, als Priscilla und mich zu observieren?! Klar hat sie damit auf meinen Tipp zu Jean-Pascal angespielt, aber das werde ich Sofie natürlich nicht auf die Nase binden.

»Ich muss kurz für kleine Waschbären«, sage ich stattdessen erst mal zur Ablenkung und steuere das Mädchenklo an.

Sofie hinter mir her.

»Gunda hat so eine Andeutung gemacht …«, sagt sie dabei und ist richtig hektisch. »Hast du da deine Finger im Spiel?«

Habe ich gehabt, leider, aber das werde ich ihr sicherlich nicht an dieser Örtlichkeit gestehen, obwohl die Exkremente am Dampfen sind. Grade darum muss ich sehr vorsichtig sein und mir genau überlegen, was ich sage. Dafür muss ich Zeit gewinnen.

Also gehe ich erst mal aufs Örtchen und dann in die Offensive.

»Was für Andeutungen sollen das denn sein, von Gunda?«

»*Du* sollst Priscilla die Nachhilfe bei Jean-Pascal vermittelt haben. Wie kannst du mir das antun? Ausgerechnet Priscilla! Spinnst du?«

Ich wasche mir die Hände, nicht in Unschuld, weil das ja nicht geht, sondern mit Wasser. Ich komme mir trotzdem irgendwie schmutzig vor. Denn es stimmt, ich habe zumindest einen gewissen Anteil daran, dass sich Priscilla nun an Jean-Pascal ranmacht. Ich muss das auf jeden Fall mit Sofie klären. Aber eben nicht hier auf dem Schulklo.

»Sofie, es ist nicht, wie du denkst …«, fange ich vorsichtig an …

»Wie dann? Na los, spuck es aus!« Sie ist immer noch knallwütend auf mich.

Ich würde sie gern in den Arm nehmen und streicheln, aber das geht nicht, ich muss cool bleiben, damit die Situation nicht völlig aus dem Ruder läuft. Also lege ich Samt auf meine Stimmbänder und sage megafreundlich: »Das werde ich dir gern erklären, aber nicht an diesem Ort.«

»Warum nicht?«

»Weil es etwas kompliziert ist …«

Sie wird nun noch hektischer, grapscht mit beiden Händen nach meinen Schultern, klammert sich fest und schüttelt mich. Dabei schreit sie mir ins Gesicht: »KOMPLIZIERT? Sag mir sofort, WAS DU GETAN HAST?«

Sie ist völlig von der Rolle. Sie so wieder in den Unterricht zu lassen, wäre unverantwortlich.

Ich befreie mich mühsam aus ihrem Klammergriff und mache einen meiner Meinung nach guten und sinnvollen Vorschlag.

»Hör zu, Sofie. Wir gehen jetzt in die Klasse, holen unsere Sachen und sagen Herrn Rotzeck, dass dir schlecht ist und ich dich nach Hause bringe.«

»Aber mir ist nicht schlecht. Das Einzige, was hier schlecht ist, bist *du!* Du hast mich hintergangen. Gib es doch zu, dass Gunda recht hat.«

Okay, ich muss jetzt ein bisschen pokern. Von Gunda kann ich mich schließlich nicht bei Sofie vorführen lassen.

»Sofie, ich bin deine beste Freundin. Wem glaubst du mehr, Gunda oder mir? Ich habe gesagt, ich werde dir alles erklären, aber nicht hier auf dem Mädchenklo …« Und wie um meine Worte zu unterstreichen, ertönt das erste Klingeln und ein Schwung Mädchen kommt kichernd in den Waschraum gestürzt, um sich vor dem Unterricht noch schnell zu erleichtern, die Haare zu machen, das Top stramm zu ziehen und das Make-up zu überprüfen.

»Ist wirklich zu öffentlich«, ergänze ich also noch.

Sofie hat ein Einsehen und wir gehen schweigend zur Klasse. Ich habe ein ungesundes Grummeln im Bauch und fühle mich auch alles andere als entspannt.

So allmählich wird mir nämlich bewusst, dass Sofie und ich scheinbar auf die größte Krise unserer Freundschaft zusteuern. Das ist wirklich ganz schrecklich, denn sie war für mich wie eine Insel in den undurchsichtigen, wild wogenden Wassermassen des Pubertätsmeeres um uns herum. Nun sitzen wir in einem schwankenden Boot und ich fühle mich wie auf der *Titanic*, die dem unvermeidlichen Untergang entgegenschwimmt.

Es wird sehr viel Taktgefühl nötig sein, um diesen Eisberg, der sich da plötzlich vor unserem Freundschaftsboot auftürmt, einigermaßen heil zu umschiffen und zusammen in einem sicheren Hafen anzukommen.

Wir holen unsere Sachen, kriegen die erbetene Erlaubnis, die Schule verlassen zu dürfen, da ist Rotzeck unproblematisch und immer kooperativ, und machen uns dann zu Fuß auf den Weg zu Sofie. Obwohl wir innerlich vor Ungeduld vibrieren, laufen wir schweigend nebeneinanderher. Ganz plötzlich scheint uns beide die Furcht erfasst zu haben, dass das, was jetzt zur Sprache kommen muss, das Ende unserer Freundschaft bedeuten könnte.

Ich will es einfach nicht glauben, das darf nicht sein, das geht nicht! Doch nicht wegen einem Jungen!

Ein Boot in Richtung Untergang …

Sofie und ich gehen durch den Stadtpark und als wir am See vorbeikommen, habe ich die Idee, ein Ruderboot zu mieten und damit ein Stück hinauszurudern. Das lieben wir beide und es würde sicher die Stimmung zwischen uns etwas freundlicher machen.

Sofie lehnt erst ab, aber als ich sie sehr flehend bitte, gibt sie nach. Offenbar liegt ja auch ihr noch was an unserer Freundschaft. Jedenfalls scheint sie uns eine Chance geben zu wollen.

Ich bezahle für eine Stunde und wir steigen in den Kahn und paddeln hinaus. An diesem Vormittag liegt der See ganz ruhig und außer uns ist niemand da. Ein feiner Nebelstreif schwebt dicht über dem Wasser und es scheint Zeit für ein Gedicht zu sein.

»*Gesang der Geister über dem Wasser*«, sagt Sofie, weil sie wohl genauso wie ich empfindet. Ich nicke.

»Goethe, der hat's verstanden.«

Das ist Seelenverwandtschaft, das ist innere Nähe und Verbundenheit. Das hat eine Tiefe, die diesen oberflächlichen Konflikt ganz sicher überstehen wird.

Seele des Menschen, wie gleichst du dem Wasser!
Schicksal des Menschen, wie gleichst du dem Wind!

Auf der Mitte des Sees hole ich die Ruder ein. Meditative Stille rings umher, mildes Licht glänzt auf dem glatten Spiegel des Wassers. Ein idealer Ort, um Dinge freundschaftlich zu klären und wieder zueinanderzufinden.

»Was willst du wissen, Sofie?«, frage ich also so ruhig wie möglich, die positive Energie des Ortes nutzend. Doch in Wirklichkeit schlägt mir mein Herz bis zum Hals.

»Wie ist Priscilla auf die Idee mit der Nachhilfe gekommen? Hast du sie auf Jean-Pascal angesetzt?«

»Nein, also mit der Nachhilfe habe ich nichts zu tun. Das war ganz allein ihre Idee.«

»Du lügst.«

»Nein, ich lüge nicht. Warum sollte ich? Ich hatte nicht mal eine Ahnung, dass Priscilla Nachhilfe in Franz gesucht hat. Wir reden ja nicht wirklich miteinander.«

»Darum wundert es mich zwar auch etwas, aber Gunda hat ganz klar gesagt, dass du Priscilla den Tipp mit Jean-Pascal gegeben hast.«

Alles zu leugnen hat also wohl keinen Sinn. Ich überlege, was Sofie besser verkraftet: dass ich Priscilla Jean-Pascal als Nachhilfelehrer empfohlen habe (was ich ja in Wirklichkeit gar nicht gemacht habe) oder dass ich sie zu einem Flirt mit ihm ermuntert habe, um ihn von ihr wegzulotsen und ihre Freundschaft wieder ganz für mich zu haben.

Hm, beides keine Aktionen, bei denen ich mich mit

Ruhm bekleckern würde. Und beides nichts, was man seiner besten Freundin verzeihen würde. Da gibt es nämlich nichts zu verzeihen, es ist einfach indiskutabel und hirnrissig! So was kann auch nur einer Motzi einfallen, deren Gedanken von Eifersucht vernebelt sind. Ich bin und bleibe unmöglich. Der Schrecken des Universums!

Ich traue mich nicht, die nackte Wahrheit zuzugeben, also beginne ich herumzueiern.

»Wenn ich genau überlege … es könnte sein, dass ich mit Priscilla mal über Jean-Pascal gesprochen habe, aber nur, weil *sie* mich auf ihn angesprochen hat …«

Das war glatt gelogen und ich bekomme auch sofort einen roten Kopf deswegen. Ist ja kein bisschen verräterisch.

Sofie hat Augen im Kopf und reagiert genervt: »Lüg mich nicht auch noch an, Motzi. Gunda hat gesagt, *du* hättest Priscilla den Tipp gegeben.«

»Warum sollte ich?«, gehe ich nun in die Offensive. »Du weiß so gut wie ich, dass ich nicht mit Priscilla rede, nicht einfach so und schon gar nicht, um ihr irgendwelche Tipps zu geben. Woher soll ich denn überhaupt wissen, dass Jean-Pascal so ein Ass in Französisch ist, dass er sogar Nachhilfe gibt?«

Wir schweigen – ich verunsichert und Sofie nach wie vor misstrauisch.

»Warum macht Jean-Pascal das denn überhaupt, also

das mit der Nachhilfe, wenn es dir so unangenehm ist? Wieso hat er es dir bisher verheimlicht?«

Ich frage mich das wirklich. Nach großer Liebe zwischen ihm und Sofie sieht das für mich jedenfalls nicht aus.

Sofie reagiert ziemlich sauer. »Jetzt lenk nicht ab, Motzi! Es geht im Moment nicht um Jean-Pascal, mit dem kläre ich das auch noch. Es geht um dich, um deinen Verrat.«

Jetzt übertreibt sie aber.

»Wieso habe *ich* dich verraten? Du bist meine beste Freundin und ich liebe dich. Wenn Jean-Pascal dich nur annähernd so lieben würde, dann würde er nicht heimlich einer Schnitte wie Priscilla Nachhilfe geben, egal wie viel Geld sie ihm dafür bietet. Er ist es, der dich verrät, nicht ich.« Ich habe mich in Rage geredet und so flutschen mir die nächsten leider sehr verhängnisvollen Worte einfach so raus: »Ich finde, es ist ein ganz prima Treue-Test! Wenn er dich wirklich lieben würde, hätte er Priscilla abgewiesen.« Meine Stimme klingt nun triumphal. »Er ist kein bisschen besser als andere Jungs. Hochbegabt oder nicht: Kaum wedelt sie ihm mit ihren Brüsten vor der Nase rum und schwenkt ihren fetten Po in seine Blickachse, läuft ihm genau wie Kevin & Co der Sabber im Mund zusammen und seine Hormone tanzen Salsa.«

Sofie jault auf. »Wie kannst du Jean-Pascal mit diesen Dumpfbacken vergleichen? Das machst du jetzt nur, weil du neidisch auf meine Beziehung zu ihm bist. Jean-Pascal ist nicht so! Er interessiert sich nicht für so eine Tussi …«

»Nö, er gibt ihr nur ganz selbstlos Nachhilfe! Sofie, wach doch mal langsam auf! Der Typ wirft dich vermutlich deswegen so mit Lyrik voll, um davon abzulenken, dass er heimlich mit Priscilla rummacht.«

Das ist jetzt zwar eine reine Behauptung, die durch nichts bewiesen ist, aber ich kann mir einfach nicht vorstellen, dass die nur Vokabeln und Grammatik pauken und es kein bisschen zwischen ihnen knistert. Das geht einfach nicht … »Priscilla wickelt jeden Jungen ein! Deswegen habe ich sie ja auch als Treuetesterin ausgesucht …« Uups, das hätte mir nun wirklich nicht rausrutschen dürfen.

Ich merke, wie mir schlecht wird, und Sofie ist nun auf hundertachtzig: »Du hast WAS???«

»Nichts, nichts … ich habe das nicht gesagt … du hast das auch ganz falsch verstanden!«

»Ich habe sehr gut verstanden. Du hast gesagt, du hättest Priscilla als Treuetesterin ausgesucht … WIESO???«

Leugnen erscheint mir zwecklos, also versuche ich zu erklären: »Weil, ich … ich habe gedacht, dass es nicht schaden kann, wenn man weiß, ob dich Jean-Pascal wirklich liebt, ob er dir treu ist … Auch wenn jemand wie Priscilla mit ihm flirtet. Ob er der Versuchung widerstehen kann … Ich, ich kann doch nicht erlauben, dass dich ein Typ enttäuscht ... weil er mit dir Seelenverwandtschaft heuchelt, aber in Wirklichkeit auch nur auf Beine, Busen und Po steht. Ich habe es für DICH getan und ... äh ... ja ... auch ein bisschen für mich ... also ich meine, für dich und mich ... für UNS, für unsere Freundschaft ...

Sofie schweigt.

»Es, es war ein Freundschaftsdienst ... verstehst du?«

Wie eine Vulkaneruption bricht es nun aus ihr heraus: »Ja, Motzi, ich verstehe. DU warst eifersüchtig auf Jean-Pascal und darum hast du mich verraten. Eine schöne Freundin bist du! Lass mich sofort aus dem Boot. Ich will nichts mehr mit dir zu tun haben!«

Nun greift sie selbst nach den Paddeln und beginnt hektisch und ungeschickt zu rudern. Das Boot dreht sich in Richtung Stadtgraben ... das ist schlecht, denn da liegt das Wehr.

»Lass mich das machen«, rufe ich leicht panisch und winde ihr die Paddel aus den Händen. Mit aller Kraft versuche ich, gegen die Strömung anzurudern.

»Fahr sofort ans Ufer und lass mich raus!«, kreischt Sofie nun ziemlich hysterisch. Ich kann es ihr nicht verdenken, aber es wäre mir wirklich lieber, sie würde sich jetzt etwas beherrschen.

Das Boot beginnt zu trudeln, aber es gelingt mir, es in die Nähe des Ufers zu dirigieren, wir fahren dicht an einem Rasenstück unter einer Trauerweide vorbei.

»Halt an«, schreit Sofie und klingt panisch. »Halt sofort hier an! Ich will raus.«

Ich drehe das Boot mit einiger Mühe, sodass es mit dem Heck gegen das Ufer stößt, nur einen kurzen Augenblick, den Sofie aber nutzt. Sie rafft ihre Schultasche an sich und springt mit einem akrobatischen Satz hinten aus dem Boot.

Ich sehe sie noch auf allen vieren auf der Wiese landen, dann muss ich mich wieder um das Boot kümmern, das von dem Sog, den das Wehr auf die Wassermassen ausübt, angezogen wird.

Die Strömung zieht mich unaufhaltsam zu der Kante, über die das Wasser aus dem See in den Stadtgraben stürzt. Nicht tief, nur circa zwei bis drei Meter. NUR? Ich denke an das Dreimeterbrett im Schwimmbad. Da habe ich oft genug bibbernd gestanden und der Bauchklatscher, den ich dann schließlich hingelegt habe, der hat ganz schön wehgetan …

PANIK!

Schweiß bricht mir aus allen Poren, ich rudere wie wild gegen den Sog an, aber mir ist klar, dass ich es nicht schaffen werde. Nicht schaffen kann.

Ich greife nach meinem Schulrucksack und hänge ihn mir um. Wenn ich kentere, habe ich ihn wenigstens bei mir. Noch einmal tauche ich die Ruder tief ins Wasser, um das Boot zu stoppen, aber ich habe der Strömung nichts entgegenzusetzen. Ich bin einfach zu schwach …

Jetzt bräuchte man einen Typ, der regelmäßig in der Muckibude Gewichte stemmt und genug Bizeps hat …

Völlig außer Atem gebe ich auf und hole die Ruder ein. Jetzt noch rauszuspringen dürfte keinen Zweck mehr haben. Alles was hier im Wasser treibt, wird wie von einem Mahlstrom in den Abgrund gerissen.

Also entscheide ich blitzschnell, lieber im Boot zu bleiben, bilde mir ein, ich würde Rafting im Grand Canyon machen, und stoße, als das Boot über die Kante geht, einen einzigen, aber heftigen Schrei aus.

Alles ist in ihm drin, was ich an Angst und Hoffnung, Verzweiflung und Überlebenswillen in mir habe.

Erstaunt registriere ich, dass das Boot schneller fällt als ich, es bricht förmlich unter mir weg … Ich selbst befinde mich im Freiflug, klatsche Sekunden später auch schon ins Wasser und werde von einem Wirbel erfasst … mal über, mal unter Wasser treibe ich davon.

Ich versuche zu schwimmen, scheitere, schlucke Wasser, huste und verliere das Bewusstsein …

Wer angelt … muss sich nicht wundern, wenn was an seinem Haken hängt …

Nein, ich verliere es nicht, mein Bewusstsein, denn bevor ich ganz in den schäumenden Wassermassen versinken kann, zieht mich jemand wieder nach oben und versucht mich irgendwie festzuhalten.

Aber ich bin in Panik und schlage verzweifelt um mich. Ich versuche mich allein über Wasser zu halten, aber es will mir nicht gelingen. Schwimmen ist gar nicht möglich und so paddele ich wie ein Hündchen ziemlich hilflos herum.

Es gibt eine starke Unterströmung und das Wasser scheint nur aus bösartigen Wirbeln zu bestehen, die nichts Besseres zu tun haben, als mich einsaugen zu wollen.

Erneut schlägt eine schaumige Woge über mir zusammen und wieder zieht mich der unbekannte Helfer zurück an die Oberfläche.

Diesmal verspüre ich nur Dankbarkeit und lasse mich in seinen routiniert wirkenden Rettungsgriff fallen. Ist ja auch letztlich alles egal.

Sofie, meine beste und einzige Freundin hat mich allein im Boot sitzen lassen, obwohl es auf das Wehr zutrieb, was also soll's? Sie kann sich doch freuen, wenn ich ersaufe. Dann ist sie mich los. Vielleicht kommt sie wenigstens zu meiner Beerdigung und schämt sich, dass sie einfach so abgehauen ist … geschieht ihr recht …

Wieder schwappt mir eine Ladung kaltes Wasser ins Gesicht, es dringt in Nase und Ohren und in meinen geöffneten Mund. Ich keuche und huste und ringe schwer nach Atem.

Mein Retter befindet sich hinter mir und versucht offenbar in Rückenlage und mit mir im sicheren Griff, den tobenden Strudeln der unaufhörlich herabstürzenden Wassermassen zu entkommen und irgendwo das Ufer zu erreichen.

Es will ihm nicht so leicht gelingen. Ich versuche mitzuhelfen, aber als mir die nächste Woge ins Gesicht schlägt, bin ich mit meinen Kräften am Ende.

Das frühlingskalte Wasser lässt mich Stück für Stück erstarren, meine Bewegungen werden schwächer, frieren ein … ich fühle nichts mehr …

Als ich wieder zu mir komme, liege ich auf einem Rasenstück am Stadtgraben und um mich herum wuseln Leute in leuchtend orangefarbenen Sicherheitswesten.

Jemand tätschelt mir etwas unsanft die Wange. Soll er doch, ist mir egal … ist mir alles so egal … ich will nur weiterschlafen …

»Hallo, hörst du mich?«

Erneutes Tätscheln. Kann der das mal bitte lassen?!

»Mach die Augen auf! Hallo, nicht einschlafen … schön bei uns bleiben …«

»Ich glaube, wir bringen sie lieber schnellstens ins Krankenhaus … sie scheint doch einiges an Wasser geschluckt zu haben und vielleicht hat sie beim Sturz über das Wehr innere Verletzungen erlitten …«, sagt jemand anderes.

Mich gruselt es bei diesen Worten, weil ich meinen Körper nicht spüre und in meinem Kopf ein wildes Chaos tobt. Ich schiebe meine Lider einen winzigen Spalt nach oben und sehe zwei Männer neben mir stehen.

Sekunden später heben sie mich auf eine Trage und verfrachten mich in ein Sanitätsfahrzeug, das mit rotierendem Blaulicht unmittelbar neben uns steht.

»Das ist ihr Rucksack«, höre ich wie durch eine Wattewand eine Jungenstimme sagen und einer der Sanitäter lässt ihn wenig später neben mich auf die Trage plumpsen und setzt sich zu mir.

Die Sirene jault auf und der Transporter düst los.

Mir fallen die Augen erneut zu und mein letzter Gedanke, bevor ich wieder wegdrifte, gilt Sofie. Es tut mir alles so leid und ich habe es wirklich verdient, nie mehr aufzuwachen!

Funkstille

Eine Erkältung habe ich mir geholt, eine ziemlich miese, sonst habe ich das Drama körperlich, bis auf ein paar blaue Flecken, unversehrt überstanden. Aber Husten und Schnupfen werfen mich aufs Krankenlager …

Also, ganz undramatisch gesagt, ich durfte nach einer Nacht Beobachtung die Klinik zwar mit meiner Mam, die selbstverständlich bei mir gewacht hat, wieder verlassen, muss aber auf Anweisung der Ärztin eine Woche im Bett bleiben.

»Falls sie eine Gehirnerschütterung bei dem Sturz erlitten hat oder noch eine Erkältung nachkommt.«

Ob ich eine Gehirnerschütterung habe, kann ich bei dem ohnehin erschütternden Zustand meines Gehirns zwar nicht sagen, aber die Erkältung stellt sich tatsächlich innerhalb weniger Stunden ein. Also muss ich das Bett hüten. Grausam!

Okay, die ganze Familie einschließlich Cora nimmt regen Anteil an meinem Unfall, aber bereits am zweiten Tag strebt der Nachrichtenwert gegen null und die Besuche in meinem Zimmer ebenfalls.

Vor mir liegt eine Woche Einsamkeit … allein mit meinen peinigenden Gedanken.

Eine Woche, in der mir niemand die Aufgaben bringt … Denn Sofie wird mir was husten … äh, ja, falsches Bild … sie ist jedenfalls durch mit mir … hat sie doch so gesagt? Oder?

Immer wieder versuche ich mir ihre letzten Worte ins Gedächtnis zu holen … aber in meinem Kopf kreiselt so vieles durcheinander, dass ich mir gar nicht mehr sicher bin, ob sich in meine Erinnerung nicht Fehler eingeschlichen haben.

Vielleicht war alles ganz anders … vielleicht haben wir uns gar nicht auf immer und ewig verzankt, sondern wieder vertragen!

Aber warum besucht sie mich dann nicht?

Als Mama merkt, dass Sofie nicht kommt, stellt sie mich zur Rede.

Ich erzähle ihr alles, das hilft und meine Erinnerungen werden nach und nach wieder klarer. Schließlich gestehe ich ihr sogar unseren Streit und meinen Anteil daran.

»Motzi, Motzi, wann wirst du denn endlich mal ein bisschen erwachsener werden?«, fragt sie kopfschüttelnd.

»Kannst *du* denn nicht mal mit Sofie reden? Du bist in Beziehungskrisen bewandert, du weißt doch, was Menschen in ihrer Eifersucht und in ihrer Angst, einen Freund oder Partner zu verlieren, alles für Blödsinn anstellen können.«

»Ja, das weiß ich, Motzi, aber dadurch, dass ich es weiß, wird es ja nicht besser. *Eifersucht ist eine Leidenschaft, die mit Eifer sucht, was Leiden schafft.* Hast du diesen Spruch denn bei deiner Aktion ganz vergessen?«

Ich seufze. »Es war ja nicht wirklich Eifersucht, ich wollte Sofie einfach nur nicht verlieren …«

»Ja, und nun hast du sie erst recht verloren.«

Wie konnte Mama so herzlos sein und so was sagen, wo es mir doch noch so schlecht ging.

»Du bist gemein!«

»Nein, Motzi, nur Realist. Du wirst dir wirklich etwas einfallen lassen müssen, wenn du eure Freundschaft retten willst. So einfach wird Sofie dir diese Hinterlist sicher nicht verzeihen.«

Auch das war ja voll aufbauend und war Hinterlist nicht ein viel zu böses Wort? Na ja, auch wenn es mir nicht gefällt, es war schon irgendwie hinterlistig, was ich da gemacht habe … OMG!!!

»Hast du kein Buch *Wege aus der Freundschaftskrise* oder so?«, frage ich verzweifelt.

»Doch, habe ich natürlich, mehrere, aber wenn du meinen Rat willst: Hör auf dein Herz und folge deinem Gefühl.«

Hm, das habe ich ja nun schon einmal gemacht und das hat mich ganz schön in die Irre geführt. Also, mein Bauchgefühl.

»Bring mir doch besser mal das Buch mit, ja?«

Sie nickt. »Klar, wenn du willst. Was ist eigentlich mit den Hausaufgaben?«

Ich huste theatralisch. »Bin ich noch zu schwach für.«

»Unsinn, wer könnte sie dir bringen?«

»Niemand, ich äh, will … äh … kann noch niemanden sehen. Sofie wäre die Einzige …«

»Nun, auf die können wir wohl kaum zählen.« Mama geht zur Tür. »Ich überlege mir was«, sagt sie noch, dann lässt sie mich allein.

»Zieh dir mal den Bademantel über«, fordert Mama mich am nächsten Nachmittag auf. »Da ist Besuch für dich.«

Ich fange an am ganzen Körper zu vibrieren, das … das wird doch nicht Sofie sein? Das … wäre ja wunderbar … ich … ich wusste doch, dass sie großzügig ist, dass sie ihre BFF niemals im Stich lassen würde … schon gar nicht, wo ich grade nur um Haaresbreite dem Tod im kühlen Nass entronnen bin. Hach, sie ist die Beste aller besten Freundinnen.

Sie ist es nicht.

Also, sie ist nicht der Besuch.

Es klopft reichlich zaghaft an der Tür und als ich »Herein« rufe, steht nicht meine BFF, sondern der Typ ohne Eigenschaften bei mir im Zimmer. Huch!

Ich raffe den Bademantel enger an mich. Ist ja peinlich, wieso hat Mam mich nicht gewarnt?!

»Hi, Motsi«, sagt er mit weichem Sss. »Ich wollte mal nach dir sehen. Äh, weil du seit deinem … Unfall … noch nicht wieder in der Schule warst.«

Er bricht ab und sieht mich aus seinen azurblauen Augen forschend an. »Dir geht es aber wieder besser, oder? Hast wie 'ne Wasserleiche ausgesehen, als ich dich unter dem Wehr aus dem Stadtgraben gefischt habe.«

Ich erstarre. Was hat er da grade gesagt?

»DU hast mich gerettet?«

»Na ja, ich habe da ein bisschen geangelt, mit Blinker, nach Forellen, die stehen da ganz gerne am Wehr. Ich konnte dich ja schließlich nicht absaufen lassen.«

»Dann hast du auch die Ambulanz gerufen?«

Er nickt. »Ja klar, per Handy, ist ja keine Aktion und schien mir sicherer, du warst doch ziemlich weggetreten, und es sah schon dramatisch aus, wie plötzlich das Boot über die Kante ging …«

»Oje, das Boot!« Das hatte ich ja ganz vergessen! »Ist es kaputt?«

Wenn ich das bezahlen muss, würde ich ja jahrelang kein Taschengeld mehr haben.

Er schüttelt den Kopf. »Lediglich ein paar Schrammen. Nur die Ruder sind gebrochen. Die Feuerwehr hat es einige Meter weiter im Stadtgraben geborgen, wo es sich in allerlei Treibgut verfangen hat und liegen geblieben ist.«

»Hab ich auch im … äh … Treibgut gehangen?«

Julius lächelt nun und das sieht wirklich süß aus, weil er so amüsiert wirkt bei dem, was er wohl grade vor seinem geistigen Auge sieht. Oje, für mich kann es ja nur peinlich sein!

»Nein, Gott sei Dank nicht, da hättest du dir ebenfalls böse Schrammen geholt. Du wirst es nicht glauben, aber ich hatte dich quasi an der Angel.«

»Wie jetzt? Willst du behaupten, du hättest mich wirklich aus dem Stadtgraben geangelt?«

»Okay, nicht dich direkt, aber deinen Rucksack, und als ich den rausgefischt habe, war mir klar, dass da vielleicht ursprünglich noch jemand drangehangen hat. Pinke Rucksäcke gehören eigentlich nur Mädchen und so habe ich mich nach der Seejungfrau, die da das Wehr runtergesegelt ist, umgesehen. Und dich dann unterhalb der Staustufe entdeckt.«

»Ich dachte, ich würde ertrinken«, murmele ich und die Erinnerung treibt mir in Schauern Gänsehaut über den Körper.

»Das dachte ich auch und darum habe ich mich gleich ins Wasser gestürzt. Ging dann alles ziemlich schnell. Allerdings ist die Strömung da recht stark, aber ich hab dich gleich zu fassen gekriegt.«

Ich schaue ihn bewundernd an, denn das war ja schon ziemlich mutig. Hätte gewiss nicht jeder gemacht.

»Dass du dich das getraut hast«, rutscht es mir heraus. »Das ist wirklich toll! Du hast mir das Leben gerettet!«

»Ach«, winkt er bescheiden ab. »Mir kam einfach meine Erfahrung vom DLRG zugute. Ich bin da schon lange in der Jugendgruppe und hab mir bei den Rettungsschwimmern einiges abgeguckt.«

Na, was für ein Glück!

Er grinst wieder unbeschreiblich süß und ich sehe nun zum ersten Mal bewusst, dass er rund um das linke Auge ein ziemliches Veilchen hat.

Er bemerkt meinen Blick und zuckt leicht die Schultern.

»Kleines Andenken von dir – anfangs wolltest du offenbar gar nicht gerettet werden … Bei deiner Gegenwehr ist dann leider was ins Auge gegangen …«

Er sieht mich nachdenklich an und auch das steht ihm. Vermutlich würde er mich gerne fragen, wie es kam, dass ich in den Sog des Wehrs geraten bin. Aber er meint dann nur ganz locker auf das blaue Auge anspielend: »Kann passieren. Wo gehobelt wird, fallen Späne …«

Na, ich weiß nicht, ob Frau Schönfelder das als ein passendes Bild gelten lassen würde. Nun kommt er doch noch auf die Umstände des Unfalls zu sprechen.

»Bist du zum ersten Mal auf dem Stadtsee gerudert?«

Ich schüttle leicht den Kopf, heftiger geht nicht, denn dann rasselt es in meinem angeschlagenen Gehirn. »Nein, schon öfters. Ich mag es, manchmal ist es dort sehr romantisch …«

Bei romantisch horcht er sichtbar auf. Shit, der denkt jetzt bestimmt, ich habe da mit jemandem knutschend im Boot gesessen und dann die Orientierung verloren … Genau, denn er fragt sofort: »Dann warst du gar nicht allein?«

Hm, das geht ihn ja eigentlich nichts an, aber okay, einem Lebensretter kann man ja ruhig sagen, wie es passiert ist.

»Nein, ich bin mit einer Freundin gerudert. Aber sie ist vorher ausgestiegen … und an dem Ufer war eine Unterströmung, die mich Richtung Wehr gezogen hat: Ich kam da einfach nicht wieder raus und aussteigen konnte ich dann auch nicht mehr …«

»Verstehe. Wenn man erst mal in so einem starken Sog drin ist, dann kommt man da kaum wieder raus …« Er schaut mich mit einem richtig besorgten Ausdruck in seinen wundervoll blauen Augen an. »Du hast wirklich verdammtes Glück gehabt, dass du den Sturz heil überstanden hast …«

»… und dass du am Fuße des Wehrs zufällig geangelt hast. Das war echt eine schicksalhafte Fügung.«

Er lacht. »Eigentlich angle ich da öfter, aber normalerweise eher Barsche und Forellen, keine Seejungfrauen.«

Nun muss ich auch grinsen. »Interessant. Hattest du an dem Tag denn einen speziellen Köder?«

Er sieht mich fragend an.

»Na, womit angelt man denn nach Seejungfrauen?«

Er bekommt einen undefinierbaren Gesichtsausdruck, irgendwie belustigt. »Was würdest du denn empfehlen? Wie ködert man Seejungfrauen deiner Meinung nach?«

Mit dem Herzen, denke ich, wer mit Liebe angelt, muss sein Herz als Köder nehmen ... Aber das sage ich nicht. Das wäre doch reichlich unpassend, auch wenn er mir das Leben gerettet hat und ich ihm unendliche Dankbarkeit schulde.

Da ist ja nichts zwischen uns, außer einer gemeinsamen Busfahrt, bei der wir an derselben Stange standen und ein bisschen Small Talk hatten, wobei ich mich auch noch unsterblich blamiert habe. Schwamm drüber.

Äh, ja ... aber ein seltsamer Zufall ist es schon. Dennoch, es war reines Pflichtbewusstsein, tolle Zivilcourage ... nicht mehr und nicht weniger! Wirklich, ich fange schon wieder an zu spinnen, schrecklich, dass ich so eine blühende Fantasie habe.

Da klatsche ich dem Typ vor der Nase ins Wasser, schlage ihm ein Auge blau und dann wünsche ich mir auch noch, dass er mir zum Dank dafür sein Herz als Köder zuwirft ...?

Nein ... das ist wirklich zu viel von ihm und vom Schicksal verlangt. Schließlich sind wir ja nicht in einer Fernseh-Soap oder im Märchenwald! Im wirklichen Leben ticken die Uhren schon ein bisschen anders ... und sowieso ...

Ich werde meiner besten Freundin wohl kaum einen Typ ausreden wollen, um mich dann selbst gleich in den nächstbesten Jungen zu verknallen, nur weil er mir rein zufällig mal eben das Leben gerettet hat.

Klingt jetzt albern irgendwie, aber das geht gar nicht! Will ich auch nicht! Nein, echt nicht ... jahaa ... er ist süß und mutig ... und ... und ... und ... egal! Ich merke, wie ich müde werde ... bin offenbar doch noch etwas angeschlagen.

»War nett, dass du vorbeigeschaut hast«, sage ich also, und beame mich wieder zurück in die Realität.

»Ist doch selbstverständlich.« Er grinst. »Ich wollte ja schließlich wissen, ob sich mein blaues Auge gelohnt hat.«

Ich muss lachen. Der Junge ist aber auch einfach traumhaft locker. Mit dem könnte ich mich gerne mal wieder im Bus an dieselbe Stange klammern.

Schnell mache ich mir einen Knoten ins lädierte Hirn: *Fahrrad stehen lassen, Bus nehmen!!*

Es ist erstaunlich, aber dieser Julius gefällt mir in seiner unaufgeregten Art. Nett, mutig, humorvoll, hilfsbereit ...

So viele positive Eigenschaften in einem einzigen Jungen versammelt klingen nach einem Sechser im Lotto. Wieso in drei Teufelsnamen ist er mir vorher nie aufgefallen?

Ich muss mich sehr zusammenreißen, um ihn nicht

ständig übertrieben anzugrinsen. So ein peinliches Dauergrinsen könnte ihn in die Flucht treiben. Aber er hält es noch ein bisschen mit mir aus und wir reden über Angeln, Rettungsschwimmen und noch viel, viel mehr. Was für ein Geduldslamm. Ganz sicher könnte man mit dem auch die Welt retten … zumindest ein bisschen … Die richtige Einstellung hat er jedenfalls!

Als Julius geht, empfinde ich mein Zimmer plötzlich als sehr leer.

Zwar riecht es noch nach seinem angenehmen Deo und sein Lachen schwebt noch an der Decke, aber er hat ein Loch hinterlassen.

Von wegen Typ ohne Eigenschaften …

Wann hätte ich je gespürt, dass jemand, der mein Zimmer verlassen hat, danach wirklich fehlt – *mir* fehlt? Weil er den Raum um sich gekrümmt und in der Atmosphäre seinen Abdruck hinterlassen hat.

Das kannte ich bisher nur von Sofie und die, die hat ganz viele Eigenschaften und die schönste an ihr ist, dass sie eine so treue Freundin war. War? Nein! Das kann doch nicht vorbei sein!

Ich muss unbedingt wieder in die Schule … da muss doch noch was zu retten sein!

Das Rad zurückdrehen …

… müsste man können, aber die Zeit schreitet unerbittlich weiter und bei jedem Schritt, den sie geht, trampelt sie die Dinge weiter fest, zementiert sie förmlich und macht es immer schwerer, Sachen, die falsch gelaufen sind, zu korrigieren und noch mal neu anzugehen.

»Du kannst die Uhren zurückdrehen, aber nicht das Leben«, hat Opa Knackstedt mal gesagt. »Wenn ich nicht jetzt so lebe, wie ich es möchte, dann ist es später vielleicht zu spät. Keiner gibt einem die ungenutzte Lebenszeit jemals wieder zurück.«

Als mir diese Worte einfallen, ist mir klar, dass ich sofort mit Sofie sprechen muss, damit nicht noch mehr kostbare Zeit verrinnt und die Kluft, die zwischen uns aufgerissen ist, auch noch zementiert wird.

Ich bin also vollgepumpt mit gutem Willen, als ich am Montag der nächsten Woche wieder in die Schule gehe.

Doch wie ich mich ganz automatisch auf meinen Platz neben Sofie setzen will, schaut die mich nur kurz und ohne jede Gefühlsregung an und meint ziemlich kühl: »Da sitzt Gunda.«

Schon als sie nicht die geringste Freude darüber zeigt,

dass ich wieder gesund bin, habe ich ein schlechtes Feeling, aber dass sie sogar lieber neben Gunda als neben mir sitzen will, das schockt mich richtig. Grade weil ich ja mit so vielen guten Vorsätzen wieder in die Schule gekommen bin.

Ich wollte mich entschuldigen und meinen Fehler irgendwie wiedergutmachen. Wie weiß ich zwar selber noch nicht, aber ... ich wäre nicht Motzi, wenn es mir nicht gelingen würde, mich am eigenen Schopf aus diesem Güllesumpf, in den ich mich da hineinmanövriert habe, wieder herauszuziehen. Münchhausen hat es schließlich vorgemacht. Also das mit dem eigenen Schopf ...

Erst einmal muss ich aber was gegen Sofies Antihaltung tun.

»Immer noch?«, frage ich also. »Gunda sitzt immer noch auf meinem Platz? Wollen wir nicht Frau Schönfelder fragen, ob sie das Umsetzen wieder rückgängig macht?«

»Warum? Ist doch so in Ordnung. Man kann viel besser lernen. Schwätzt einem nicht dauernd jemand dazwischen und helfen muss ich Gunda auch nicht ständig.«

Wie bitte? Das ist jetzt aber nicht ihr Ernst?

Ich will ihr grade passend darauf rausgeben, als Herr Gauß die Klasse betritt. Er ist von einer Mutter aufgehalten worden und weil er es überhaupt nicht schätzt, wenn ihn Eltern außerhalb der Sprechzeiten vor der Klasse auflauern, ist er ziemlich angefressen.

Um nicht gleich wieder negativ bei ihm aufzufallen und weil Gunda sowieso grade ihre Schultasche mit Schwung auf meinen alten Platz neben Sofie schmeißt, pilgerte ich also frustriert zu Priscilla rüber und lasse mich neben ihr auf den Stuhl fallen.

Dass die beiden BFFs das immer noch mitmachen, wundert mich allerdings. Denn Priscilla und ihre Allerbeste waren eigentlich in letzter Zeit genauso unzertrennlich wie Sofie und ich es gewesen sind.

Schnief! Der Gedanke treibt mir Tränen in die Augen und ich muss schlucken.

»Guten Morgen, sagt man wohl auch nicht mehr«, giftet Priscilla mich sofort an.

»Manno, ich hab was im Hals. Zick mich doch nicht gleich an. Ich war schließlich krank.«

»Oh ja … du Ärmste … hab von deinem … äh … Unfall gehört. Wieso stürzt du dich auch das Stadtgrabenwehr runter? Ist das 'ne neue Art von Extremsport?«

Okay, wenn sie mir schon das Stichwort liefert – warum nicht? Spare ich mir eine andere Erklärung.

»Ja, genau«, sage ich also. »Extreme-Rafting in Stadtgewässern. Sensationell! Solltest du auch mal machen. Ich sage dir, unbeschreibliches Feeling, voll der Thrill!«

Sie starrt mich ungläubig an, aber weil Gauß schon ziemlich grantig zu uns rüberschaut, verkneift sie sich eine Antwort und ich hole innerlich grinsend mein Mathebuch raus.

Priscilla muss man einfach mit ihren eigenen Waffen schlagen und genau das habe ich vor!

Wenn sie immer noch bei Jean-Pascal Nachhilfeunterricht nimmt, weil Sofie sich einfach nicht traut, Jean-Pascal in seine Angelegenheiten reinzureden, dann werde ich sie aber mal ganz schnell von ihm weglotsen. Das bin ich meiner Allerbesten schuldig.

Irgendwie muss ich das Chaos, das ich angerichtet habe, auch wieder aufräumen. Nee, Leute, so schnell gibt eine Motzi nicht auf!

Gerrit wird an die Tafel gerufen und erklärt einen langen Rechenweg. Zeit genug für mich, mir eine Strategie zu überlegen. Aber erst mal brauche ich ein paar Infos von Priscilla.

»Äh, was ich noch fragen wollte«, wispere ich also, »hat das mit Jean-Pascal und der Franz-Nachhilfe eigentlich geklappt?«

Sie grient wie ein Honigkuchenpferd. »Der Junge ist eine Offenbarung«, säuselt sie.

OMG, was meint sie denn damit? Das klingt ja megagefährlich. Sie wird ihn doch Sofie hoffentlich noch nicht ausgespannt haben? Ich meine, dass war zwar ursprünglich mein Ziel, aber … nein … wenn Sofie ihn unbedingt haben will, dann geht das ganz und gar nicht! Egal was das für unsere Mädchenfreundschaft bedeutet, ich möchte auf keinen Fall die Schuld daran haben, dass sie in Liebeskummer versinkt.

»Äh … läuft da was zwischen euch?«, will ich es nun doch genauer wissen.

»Und wenn? Kann dir doch nur recht sein, oder?«

Grumpf! Das hilft mir ja nun gar nicht weiter. Es wirkt zwar so, als hätte Priscilla was bei ihm am Köcheln, aber wenn da wirklich was wäre, dann hätte sie damit doch bestimmt rumgestrunzt. Eroberungen nicht lauthals zu verkünden ist gar nicht ihre Art.

Hm, vielleicht lässt sich ja doch noch was retten.

Ich schiele zu Sofie rüber. Sie schaut aufmerksam zur Tafel und ich kann wirklich nicht sagen, ob sie an einer Trennungsdepression leidet. Unseren Krach scheint sie ja schon verarbeitet und mich abgeschrieben zu haben.

Hm, ihr Verhalten ist wirklich nicht leicht zu deuten. Saublöde Situation!

»Und Sofie und Jean-Pascal?«, flüstere ich Priscilla zu.

»Frag sie doch selbst, ist sie meine Freundin oder deine?«

Okay, dann ist zumindest unser Krach noch nicht bekannt und ich muss vorsichtig sein, was ich sage.

»Mache ich«, wispere ich und schaue dann wieder zur Tafel, wo Gerrit immer noch rechnet und redet, redet und rechnet … Ist das öde, ich könnte auf der Stelle einschlafen!

Nach dieser gechillten Mathestunde ist mein Baustellengehirn einigermaßen erholt und sprüht sofort kreative Ideen.

Als Sofie in der kleinen Pause nicht in den Flur stürzt, sondern mit Gunda labert, stattdessen aber Priscilla nach draußen geht, ist mir klar, dass zwischen Sofie und Jean-Pascal nicht alles so ist, wie es vor unserem Krach und meinem Unfall war.

Ich spreche Sofie also einfach mal an. Ich bin eben ein direkter Typ und mag es nicht, wenn man zu lange um den heißen Brei herumschleicht.

»Alles klar bei dir?«, frage ich also betont locker und ganz harmlos.

Sie dreht sich weg, statt mir zu antworten. An ihrer Stelle zischt Gunda: »Wir reden grade, du störst.«

Ich fasse es nicht! Was nimmt die sich raus und was hat meine Allerbeste ausgerechnet mit dieser hohlen Zicke zu bereden?

So lasse ich mich nicht abwimmeln. Also mache ich zwei Schritte auf Sofie zu und pflanze mich genau vor ihre Optik. Übersehen kann sie mich jetzt nicht.

»Kommst du mal mit aufs Klo?«, frage ich. Das ist eigentlich unser verabredetes Zeichen, wenn was Wichtiges zu besprechen ist, was nicht die halbe Klasse mithören soll.

Wieder mischt sich Gunda ein. »Brauchst du jemanden zum Po-Abwischen?«

Jetzt reicht es mir! »Halt die Klappe«, fauche ich sie an und zu Sofie gewendet frage ich ernsthaft sauer: »Ist sie dein Sprachrohr? Kannst du nicht mehr selber reden?«

Sie starrt mich an, zeigt aber noch immer keine Gefühlsregung. »Jetzt nicht, Motzi. Du siehst doch, ich bin im Gespräch mit Gunda.«

Okay, zum Honk muss ich mich nun auch nicht machen lassen, egal was zwischen uns passiert ist. *Ich bin im Gespräch mit Gunda!* Tzzz! So braucht sie mir ja nun wirklich nicht kommen. Ich gehe also gar nicht auf ihre blöde Reaktion ein und frage: »Hast du eigentlich nicht mitgekriegt, dass ich mit dem Boot auf das Wehr zugetrieben bin?«

»Es stand was in der Zeitung«, sagt sie knapp, »und jetzt entschuldige mich.« Sie hakt sich bei Gunda unter und geht mit ihr ans Fenster. Ich komme mir vor wie der letzte Trottel.

Im Deutschunterricht sehe ich, wie Priscilla ein Herz in den Schultisch kratzt und JP hineinschreibt. Oh, ich könnte Pickel kriegen!

Aber es muss nicht heißen, dass wirklich was zwischen ihnen läuft. Sicher will sie mich nur provozieren. Ich ignoriere ihre Beschädigung öffentlichen Eigentums also einfach.

In der großen Pause stehe ich allein am Getränkeautomaten und halte beiläufig ein bisschen nach Julius

Ausschau, als mir das Schicksal Jean-Pascal in die Arme lenkt. Na ja, nicht genau in die Arme, aber er stellt sich direkt hinter mir an.

»Schreibst du noch Haikus mit Sofie?«, frage ich total spontan. Uups!

»Äh, wieso?« Er ist verwirrt. Ich auch, denn was bezwecke ich eigentlich? Egal, weiterreden … immer weiterreden … keine Unsicherheit anmerken lassen … so geht doch die Kunst der freien Rede, oder? *Durch Labern überzeugen! Tipps und Tricks für den Hausgebrauch …*

»Ach, ich interessiere mich auch für Haikus … Also das Schreiben … Magst du vielleicht mal ein paar von mir lesen … äh … Sofie hat gesagt, dass du das ganz meisterhaft machst … also großartige Haikus schreibst … dein Urteil würde mir sehr helfen …«

OMG! Bin ich denn völlig durchgeknallt?

Aber, oh Wunder, der Typ rutscht nicht auf meiner Schleimspur aus, sondern scheint mich ernsthaft für eine Verehrerin seiner japanischen Dichtkunst zu halten.

Jedenfalls sagt er doch tatsächlich ziemlich freundlich: »Klar, kann ich gern mal machen, Motzi. Sofie hat gar nicht erzählt, dass ihre Freundin auch ein Haiku-Fan ist.«

Er grinst ganz nett bei diesen Worten.

»Äh, dann vielleicht morgen in der großen Pause? Also nur, wenn du Zeit hast …«

Er nickt. Flutscht doch, wir sind verabredet. Mega!

Als ich am Ende der Pause wieder allein die Treppe zu unserer Klasse raufgehe, ruft mir jemand freundlich zu: »Hi, Motsi, schön, dass du wieder fit bist.«

Es ist Julius und ehe ich rot werden kann, ist er auch schon mit langen Sätzen hinter einem Kumpel her nach oben gestürmt. Ich schaue ihm noch verdattert nach, als Sofie plötzlich neben mir auftaucht.

»Worüber hast du mit Jean-Pascal gesprochen?«, will sie wissen. Ich muss innerlich grinsen, ganz schön neugierig, meine Allerbeste … äh … das ist sie doch hoffentlich noch … meine BFF!

»Über Haikus«, sage ich wahrheitsgemäß.

»Veräppeln kann ich mich selber«, sagt sie.

Nun bin auch ich leicht angesäuert. »Dann mach es doch«, antworte ich schnippisch.

Ist doch wirklich dumm, wenn man versucht, einer Freundin was Gutes zu tun und sie kommt einem dann gleich patzig. Das gehört sich nicht, egal was vorher vorgefallen ist.

Ich gehe schneller und bringe Abstand zwischen sie und mich. Sie wird schon noch früh genug erfahren, was Sache ist.

Erst Mal muss ich Priscilla von Jean-Pascal weglotsen. Dazu sollte ich aber wissen, ob nun zwischen den beiden was läuft, also Entwicklungshilfe-mäßig … Nachhilfe im Abbau von Hormonstaus und so …

Ich schiebe Priscilla also in Englisch einen Zettel zu, der kurz zwischen uns hin- und herwandert.

Hat die Nachhilfe bei Jean-Pascal was gebracht? ;-)

Was meinst du, in Franz oder …?

Eher oder!

☹ *In Franz läuft es besser.*

Ein riesiger Felsbrocken donnert von meinem Herzen. Ich bin ja so was von erleichtert. Priscillas Ehrlichkeit erstaunt mich zwar, aber ich kann mir auch gut denken, dass so ein hochbegabter Nerd sie nicht wirklich antörnt.

Hm, wenn sie Jean-Pascal tatsächlich nicht so prickelnd findet, dann könnte sie doch bestimmt auf einen anderen Jungen umgepolt werden … schnelle Partnerwechsel sind bei ihr ja nichts Ungewöhnliches.

Ich checke blitzschnell in Gedanken die Liste der Jungs, mit denen sie noch nicht geflirtet hat … hm … reichlich kurz! Da kommt mir eine Idee … eine geniale Idee und die ist auch noch absolut selbstlos, ja sie ist geradezu ein heroischer Verzicht und ein echter Dienst an meiner Freundschaft zu Sofie.

Hast du es schon mal mit Manu von den Hot Feet *versucht?*, schreibe ich auf einen Zettel und schiebe ihn Priscilla rüber.

Sie schreibt nicht zurück. Was ich als gutes Zeichen werte. Vielleicht hat sie ihn selbst schon auf ihrer Liste und nur etwas aus den Augen verloren … Sicherheitshalber schiebe ich noch ein Zettelchen nach, pinne nur seinen Shirt-Slogan drauf und ein Smiley:

Für ihn bist du schön ☺

Nicht nur für IHN!

Okay, an Minderwertigkeitsgefühl leidet sie nach wie vor nicht.

Weil mich unsere Englischlehrerin aufruft, muss ich die Zettelkommunikation einstellen.

Ich hoffe aber, Priscilla ein bisschen angespitzt zu haben.

Manu passt doch wirklich viel besser zu ihr: Er ist schon in der Oberstufe und viel weiter als die Jungs in unserem Jahrgang, genau wie sie … also zumindest ihr Body … und immerhin haben die beiden schon eine Coke zusammen getrunken. Das berechtigt doch zu den schönsten Hoffnungen … na ja, nicht immer, wie man bei mir sieht, aber wenn Beine, Po und Brüste stimmen … warum nicht?!

Am Nachmittag zernage ich ungefähr ein halbes Dutzend Stifte bei dem Versuch, die ultimativ besten Liebes-Haikus zu verfassen, die das Universum je gesehen hat.

Schließlich bin ich nur noch genervt von meinem Gekritzel, hole mir einen Saft und surfe eine Runde durch das Internet.

Schade, dass Sofie ihr E-Book *Haikus für WhatsApp* noch nicht fertig hat. Könnte ich jetzt gut gebrauchen …

wobei … wirklich nützen würde es mir nichts, denn natürlich hätte Jean-Pascal es dann auch und würde sofort merken, dass die Haikus, die ich ihm morgen zeigen will, nicht von mir sind …

Dasselbe gilt für das Internet. Alles, was da zu finden ist, hat er bestimmt als Haiku-Fan bereits in seinem Mega-Gedächtnis abgespeichert. Ich würde sofort als Plagiator entlarvt.

Okay, also neuer Brainstorm. Hallo, Kreativität, nun komm mal in die Hufe! Hufe ist gut.

Ich sehe förmlich, wie Pegasus, das Dichterross, auf mich zugaloppiert und seine Hufe Funken aus dem Boden schlagen … Die weiße Mähne flattert im Wind und vor seinen Nüstern bildet sich sahniger Schaum. Ein herrliches Bild … voll inspirierend.

Ich greife zu einem neuen Blatt, weiß und rein liegt es vor mir. Dann setze ich wie in meditativer Trance den Stift an … und als ich die ersten Worte auf das Papier bringe, weiß ich, dass jetzt alles stimmt.

1 *Meine Liebe*
Ist ein stummes Lied
Das taube Ohren trifft.

2 *Das geschliffene Messer*
Deines brillanten Verstandes
Zerschneidet mein Herz.

3 *Intelligenz*
Wird wortlos
Wenn die Liebe redet

That's it! Motzi really get it!

Als ich am nächsten Schultag Jean-Pascal in der großen Pause zwei Zettel in die Hand drücke und er sie abgecheckt hat, wirkt er perplex.

»Hast du die wirklich selber geschrieben, Motzi?«

Klar habe ich, aber ich druckse herum, denn ich kann nicht einschätzen, ob er sich von ihnen angesprochen fühlt oder sie grottenschlecht findet. Sein Blick ist jetzt nämlich forschend, ja, geradezu misstrauisch …

Ob er denkt, dass sie vielleicht von Sofie sein könnten?

Hm, das, das wäre ja eigentlich gar nicht so schlecht … eher genial! Schließlich wollte ich ihm die Augen über Sofies Liebe öffnen, aber sehr viel cooler wäre es natürlich, wenn sie selbst es täte … also, wenn Jean-Pascal meine Haikus so gut fände, dass er sie eher Sofie zutraut als mir.

Dann nämlich würde er ja annehmen müssen, dass diese lyrischen Liebesseufzer aus Sofies Feder stammen. Von ihr heimlich niedergeschrieben in schmachtenden Gedanken an ihn, von mir entdeckt und ihm … dem Ziel ihrer romantischen Träume … nun ebenso heimlich zugeschoben!

Oh, das ist ja geradezu Shakespeare-verdächtig, den Sofie für einen Meister romantischer Ränkespiele hält.

Ich klopfe mir innerlich auf die Schulter. Von wegen eine Motzi hätte kein Niveau!

Jean-Pascal ist erneut in die Haikus versunken. Sauber, zumindest scheinen sie ihm Rätsel aufzugeben. Ich hüstele, um seine Aufmerksamkeit wieder auf mich zu lenken. Er hebt den Blick und sieht mich aus verschleierten Augen an ... oh, Himmel, ich wusste gar nicht, dass Haikus wie Drogen wirken können.

»Komm, Motzi, sag schon, das ist doch niemals von dir! Wer hat die geschrieben?«

Na danke schön, einer Motizi kann man ja offenbar nichts Lyrisches zutrauen! Dabei hat mich sogar schon Frau Schönfelder für ein Gedicht gelobt. *Der Kasper ist tot* hat es geheißen ...

Na ja, ist egal, für Sofie verleugne ich mich halt noch einmal und trete auch als Haiku-Dichterin selbstlos und bescheiden zurück – wenn es nur unserer Freundschaft dient!

»Äh, na gut, wo du es nun schon ansprichst ... nicht wirklich ...«, sage ich also und finde mich erneut menschlich sehr großzügig und mehr als korrekt. Staune selbst darüber, wozu ich für Sofie fähig bin.

»Das dachte ich mir«, nimmt Jean-Pascal den Köder sofort auf. Allerdings kaut er noch ein bisschen darauf herum. »Darf ich fragen, wer der unbekannte Dichter ...

oder die Dichterin ist? Hat sie dir die Haikus gegeben, damit du sie mir zeigst ...«

Ich kichere innerlich. Klar, Sofie hat sie mir rübergeschoben, damit er endlich checkt, was sich schon seit Wochen in ihrem Herzen tut ...

Quark! Das würde sie nie machen. Dazu ist sie zu ... zu ... nein, nicht verklemmt, zu ... zurückhaltend. Das wäre ihr viel zu peinlich ...

Aber mir nicht. Mir ist eigentlich kaum noch was peinlich in der Situation, in der ich mich befinde.

Alles geht, muss gehen, wenn es mich nur wieder mit meiner Allerbesten zusammenbringt. Allerdings darf ich jetzt nicht noch mal einen Fehler machen. Das heißt, ich darf die Wahrheit nicht zu sehr verbiegen.

»Nein, das würde sie nie machen«, sage ich also wahrheitsgemäß, »ich meine, mir solche ... äh ... persönlichen Gedichte geben!«

Wieder entwickelt sich der Fluss meiner Worte schneller als der meiner Gedanken. »Also ... sie sind mir ganz zufällig in die Hände geraten ... als ... sie ... also die Dichterin ... als sie ihren Papierkorb ausgeleert hat. Da ... da sind diese Seiten zu Boden geflattert ... einfach so ... ohne dass sie es gemerkt hat ...«

Ich muss mal kurz Luft holen und fange einen irritierten Blick von Jean-Pascal auf. Aber jetzt nur nicht einknicken!

»Später habe ich sie aufgehoben ... nicht weil ich ihr

nachspionieren wollte, einfach so … eigentlich wollte ich sie nur in die Mülltonne werfen … ja … und dann habe ich zufällig draufgeguckt und den ersten Haiku gelesen … und …«

»… dann hat er dir gefallen und du bist auf die Idee gekommen, mir die Zettel zu zeigen und meine Meinung dazu einzuholen? Richtig?«

Wenn er meint. Ich nicke.

»Das war eine sehr gute Entscheidung, Motzi«, sagt er und versenkt sich schon wieder in meine Kritzeleien. »Und verrätst du mir auch, wer die unbekannte Dichterin ist?«

Hm, wenn er das nicht inzwischen gemerkt hat … es kommt ja wohl nur ein Mädchen infrage …

Aber okay … »Eine Freundin …«, sage ich vage, »aber sie möchte ganz bestimmt anonym bleiben …«

»Kenne ich sie?«

Mensch, Junge, jetzt denk mal selber nach! Ich zucke die Schultern.

»Kann ich das haben?«, fragt er nun und faltet die Zettel schon zusammen, als hätte er meine Zustimmung bereits erhalten.

»Äh, ich, ich weiß nicht …«, stammele ich etwas alarmiert. Er wird sie doch nicht Sofie zeigen? Die würde sofort meine Schrift erkennen.

»Ich, ich weiß wirklich nicht …«

»Aber ich«, sagt er und schaut mich mit einem merkwürdigen Glanz in seinen Augen an. »Ich weiß jetzt, glaube ich, eine ganze Menge mehr …«

»Worüber?«

»Über gute Haikus, die Liebe und … mich.«

Ohne ein weiteres Wort dreht er sich um und geht schnurstracks über den Schulhof auf Sofie zu, die mit Gunda an der Kastanie steht und ziemlich auffällig zu uns rüberschaut. Oje!

Ich sehe ihn ein paar Worte mit ihr wechseln und dann lässt sie Gunda stehen und verschwindet mit ihm hinter der Turnhalle, dahin, wo sich noch die Reste von dem Graffiti-Herz mit ihrem Namen an der Wand befinden.

Ein passender Ort, denke ich, und mir wird ganz warm um mein eigenes Herz, diesen einsamen Jäger!

Verdammte Kiste, ich bin nur noch am Verkuppeln und wer liebt mich?

Im Reinen …

… ja, das könnte ich doch eigentlich mit Sofie jetzt wieder sein. Schließlich habe ich alles getan, um das Chaos, das ich in ihrem Leben angerichtet habe, wieder in Ordnung zu bringen. Und, ihr könnt es ruhig glauben, meine Bemühungen beginnen bereits Früchte zu tragen …

Erstens: Mein Versuch, Priscilla von Jean-Pascal wieder wegzulotsen und auf Manu umzupolen, hat schon mal dazu geführt, dass Priscilla sich bei mir nach seinem nächsten Konzert erkundigt hat. Da es im Anschluss an unser Sportfest in der Turnhalle stattfinden soll, hat sie sich sogar noch entschlossen, daran teilzunehmen. Sonst schwänzt sie das nämlich immer, denn Leichtathletik ist nicht ihr Ding. Das ist ihr zu proletarisch. Sie, wie könnte es anders sein, schätzt die nobleren Sportarten wie Reiten und Tennis … vermutlich auch Golf.

Jetzt hat sie sich aber noch in allerletzter Minute entschieden, beim 800-Meter-Lauf mitzumachen. Na, hoffentlich hält sie das durch und klappt uns nicht zusammen. Manu könnte ja sonst denken, die Mädchen unserer Schule hätten alle eine sauschlechte Kondition. Nun, man darf jedenfalls gespannt sein. Ich werde sie natürlich im Auge behalten. *g*

Zweitens: Jean-Pascal grüßt mich zwar neuerdings immer ziemlich freundlich, wenn wir uns auf dem Flur zufällig über den Weg laufen, aber was jetzt wirklich aus meiner Haiku-Aktion geworden ist, weiß ich ehrlich gesagt nicht. Allerdings düst Sofie neuerdings in den kleinen Pausen wieder sofort aus der Klasse und taucht mit Jean-Pascal in eine Fensternische ab. Wie nachhaltig das ist, kann ich nicht sagen, auf unsere Freundschaft hat es sich jedenfalls bisher nicht positiv ausgewirkt. Wenn Jean-Pascal Sofie die Haikus wirklich gezeigt hat, muss sie doch meine Handschrift erkannt haben, aber anmerken lässt sie sich das leider kein bisschen. Von Dankbarkeit nicht die geringste Spur. Merde! Dass sie aber auch ein so harter Brocken ist. Dabei habe ich doch nun wirklich alles wiedergutgemacht … Hab ich doch, oder?

Als ich am Abend diese Frage an meine Mutter richte, nachdem ich ihr alle meine Bemühungen um Sofie geschildert habe, zuckt sie die Schultern.

»Tja, Motzi, du hast dir wirklich viel Mühe gegeben, alles wieder geradezurücken. Schade, dass Sofie das nicht zum Anlass genommen hat, sich mit dir auszusprechen. Sie ist wohl wirklich sehr enttäuscht von dir.«

Oh, Mama! Das habe ich jetzt nicht gebraucht. Was Aufbauenderes hattest du wohl mal wieder nicht zur Hand?! Ich schaue sie griesgrämig an. »Was will sie denn noch?«

»Vielleicht eine persönliche Entschuldigung …«

Mama lässt das Satzende offen und ich befürchte, dass sie recht hat.

»Das Problem liegt da eigentlich weniger bei mir als bei Sofie. Sie geht mir ja ständig aus dem Weg. Und treffen wir uns in der Klasse oder auf dem Schulhof, macht sie immer gleich die Biege und klebt sich an diese blöde Gunda ran. Fast könnte man meinen, die beiden wären jetzt BFFs!«

Mama wirkt nachdenklich.

»Schade«, sagt sie schließlich. »Ich hätte gedacht, dass Sofie ein bisschen aktiver ist und auch etwas zum Erhalt eurer Freundschaft beiträgt. Aber vielleicht musst du wirklich den Anfang machen. Schreib ihr doch einfach mal ganz altmodisch einen Brief, in dem du ihr deine Beweggründe erklärst und dich entschuldigst.«

»Ist doch oldschool«, will ich abblocken, aber dann scheint mir der Gedanke gar nicht so dumm. So ein Brief hat viele Vorteile:

~ Ich kann mir in aller Ruhe überlegen, was ich schreibe.
~ Sie kann in aller Ruhe lesen, was ich geschrieben habe.
~ Sie kann es sogar mehrmals lesen, ehe sie darauf reagiert.
~ Und allgemein gilt Papier als sehr geduldig … geduldiger jedenfalls als eine Motzi in der Pubertät.

Viele gute Gründe, es zumindest zu probieren.

»Okay, Mam, ich kann es ja mal versuchen. Hast du noch irgendwelche Tipps?«

Sie schüttelt den Kopf. »Ich würde mich nur wiederholen. Folge deinem Gefühl, lass dein Herz sprechen. Da liegen deine Stärken Motzi, da bist du aufrecht, echt und glaubwürdig.«

»Meinst du wirklich? Mache ich mich da nicht wieder nur peinlich?«

Mama schaut mich mit einem sehr liebevollen Blick an.

»Nein, mein Schatz, an deinem Herzen ist alles okay, daran ist nichts peinlich.«

Das hat Mama so schön gesagt und ich bin ganz gerührt.

Ich gehe in mein Zimmer, zünde Räucherstäbchen an, hocke mich vor meinem kleinen Buddha im Lotussitz auf den Boden und lese zur inneren Stärkung ein paar von Gautama Buddhas Weisheiten.

Groll mit uns herumzutragen, ist wie das Greifen nach einem glühenden Stück Kohle, das man nach jemandem werfen will – man verbrennt sich nur selbst daran.

Laufe nicht der Vergangenheit nach und verliere dich nicht in der Zukunft. Die Vergangenheit ist nicht mehr. Die Zukunft ist noch nicht gekommen. Das Leben ist hier und jetzt.

Nicht außerhalb, nur in sich selbst soll man den Frieden suchen.

Okay. Ich schließe die Augen, versuche an gar nichts zu denken und warte auf eine Erleuchtung.

Sie wird mir zuteil. Denn ich beschließe, Sofie an diesen Weisheiten teilhaben zu lassen und ihr jeden Tag eine davon per WhatsApp zu schicken.

Wir haben zwar seit unserem Krach nicht mehr getextet, aber einer muss ja mal den Anfang machen, und es mit diesen Sprüchen zu tun, ist bestimmt ein ganz besonders guter Anfang. Das wird sie auch so sehen, denke ich.

Gedacht getan. Ich tippe: *Wer liebt, vollbringt Unmögliches*.

Senden und fertig.

Ich lege mich auf mein Bett und warte auf eine Antwort.

Sie kommt nicht.

Jeden Abend schicke ich Sofie nun eine Weisheit von Gautama Buddha, aber sie antwortet nicht ein einziges Mal.

Ihr Verhalten macht mich sehr traurig.

Wenn ich in der Schule zu ihr rüberschiele, dreht sie den Kopf weg, redet mit Gunda oder kramt in ihrer Schultasche. Sie will offenbar tatsächlich nichts mehr mit mir zu tun haben.

Ich erzähle es Mama.

»Entschuldige dich«, sagt sie nur. »Je länger du damit wartest, umso schwieriger wird es. Sei nicht dumm. Ihr wart so gute Freundinnen, ihr könnt es wieder werden.«

Ich seufze, bin mir total unsicher und frage mich, ob es nicht möglich ist, auch ohne Sofie zu leben. Da wäre doch zum Beispiel noch dieser Typ ohne Eigenschaften …

Am Morgen des Sporttages lasse ich das Fahrrad stehen und nehme den Bus. Schon gleich beim Einsteigen erkenne ich Julius im Gewühl. Er steht, eingequetscht in der nach diversen Deos duftenden Schülermenge, an *unserer* Stange. Ich drängle mich zu ihm durch. Er hat eine Sporttasche zu seinen Füßen stehen.

»Hi, Motsi«, sagt er mit sanftem Sss und ich drehe mich so geschickt, dass ich ihm meinen Rucksack ins Gesicht haue.

Oh, nein, nicht schon wieder! Doch, er hält sich das Auge, diesmal das rechte.

»Entschuldige«, stammele ich verstört, »das, das wollte ich wirklich nicht … hat es wehgetan??« Ich ziehe seine Hand weg. »Lass mal sehen …«

Nix. Er lacht, weil ich wohl reichlich verwundert gucke.

»Kleiner Scherz. Ein Veilchen von dir reicht mir.«

Witzbold.

»Das sieht man aber kaum noch, ich dachte, ich sollte mal etwas nachlegen, damit du mich nicht vergisst.«

OMG, hatte ich sie noch alle? Platter ging es ja wohl kaum!

»Äh, ich meine … nachhaltig … in Erinnerung behältst …«

Auch nicht besser. Ich mache jetzt den Mund nicht mehr auf.

Will mich ja eh keiner verstehen. Sofie nicht, Julius nicht … und ich selbst verstehe mich sowieso nicht.

Plötzlich spüre ich, wie sich die Hand von Julius auf die meine legt. Sie ist warm und trocken, kein bisschen eingeschweißt und muss darum eigentlich auch nicht an der Stange runterrutschen …

Ist sie wohl auch nicht … denn er fragt leise: »Warum bist du so traurig, Motsi?«

»Ich, ich bin nicht traurig«, flüstere ich verwirrt zurück. Wie kommt er denn darauf? Ich ziehe meine Hand ein Stückchen an der Stange lang nach unten. Unter der seinen weg. Er schiebt seine nach. Wieder liegt sie auf meiner.

»Nach dem Sporttag ist ein Konzert in der Turnhalle, da spielt unsere Schulband, die *Hot Feet*«, lenke ich schnell auf ein anderes Thema über.

Er nickt. »Wollen wir zusammen hingehen?«

Ich glaub, ich hab einen Hörsturz. »Du meinst, du und ich?«

»Klar, warum nicht? Wir müssen doch noch auf deine glückliche Rettung anstoßen. Du bist mir mindestens einen Drink schuldig.«

Weil Priscilla auf uns zusteuert, sage ich schnell zu und so ist es abgemacht.

»Julius«, flötet sie, als sie bei uns ist. »Du bist doch ganz gut in Franz, kannst du mir mal vor dem nächsten Test etwas Nachhilfe geben?«

In meinem Kopf schrillt eine Alarmsirene.

»Nein, kann er nicht«, bürste ich sie frech ab. »Das hat er nämlich schon mir versprochen. Was ist denn mit Jean-Pascal?«

»Ach, das hat sich erledigt. Der ist mir zu praxisfern … reiner Theoretiker, das bringt nix.«

Sie zieht ab und ich muss grinsen, weil ich mich frage, ob sie das nun ausschließlich auf die Französisch-Nachhilfe bezogen hat oder auch auf … na, ihr wisst schon … Knutschen und so …

Wie es scheint, ist da wirklich nichts zwischen ihr und Jean-Pascal gelaufen. Wie frustrierend – für sie. Dann wäre ja eigentlich jetzt mein Wettgewinn fällig … Kino mit einem Typ ohne Eigenschaften und Popcorn gratis … Hm, nein, besser nicht, das wäre wohl doch etwas unmoralisch, aus dieser miesen Sache noch Kapital schlagen zu wollen. Vergesse ich besser. Ich seufze.

Weil ich das wohl reichlich laut gemacht habe, verstärkt Julius den Druck seiner Hand auf der meinen.

»Ist was?«

»Na ja, hab ich da was verpasst? Wann, sagtest du, haben wir uns für die Franz-Nachhilfe verabredet?«

»Gar nicht«, gestehe ich und merke, wie ich rot werde, »aber ich lasse Priscilla grundsätzlich an keinen Jungen mehr ran, der mich oder meine Freundin interessiert ... Uups! Bin ich denn völlig von der Rolle.«

»Scheint so, Motsi«, geht Julius taktvoll nur auf den letzten Teil meines Satzes ein. »Du solltest etwas Sport treiben, das macht den Kopf frei.«

Ich schnaufe kurz durch, denn ich fühle, wie mir bei dieser Peinlichkeit die Hitze in die Wangen steigt. Aber ich reiße mich zusammen und sage relativ normal: »Okay, dann treffen wir uns beide mit klarem Kopf nachher vor der Sporthalle.«

Julius nickt und weil wir an der Schule angekommen sind, gehen wir nun getrennt unserer Wege. Er ist wirklich ziemlich nett.

Das Sportfest war toll. Das Wetter hat mitgespielt und die Stimmung ist richtig gut, als ich mich mit einigen Leuten aus meiner Klasse auf den Weg zur Sporthalle mache. Schon von Weitem sehe ich Julius an der Wand neben den Resten des Sofie-Herzens stehen.

Er hat mich auch entdeckt und winkt mir. Es ist so schön zu sehen, dass es ihm offenbar völlig egal ist, was die anderen dabei denken. Er scheint sich einfach nur zu freuen, mich wiederzusehen. Das tun, ehrlich gesagt, die wenigsten Leute bei mir. ☹

Wir verbringen den Rest des Tages zusammen, stoßen endlich auf meine Rettung mit einem megaleckeren Früchtepunsch an, tanzen ein bisschen oder lauschen einfach nur aneinandergelehnt, eingequetscht in der Schülermenge, Manus Band.

Ist schon nicht ganz schlecht, was die so auf der Bühne abziehen. Und sie haben heute in der Schule auch nicht diese peinlichen Shirts an. Sind wohl doch keine »Plattfüße«. *g*

Ich fühle mich ausgepowert, aber auch irgendwie tiefenentspannt. Meine Gedanken beginnen zu wandern und ich muss kichern, als ich an den 800-Meter-Lauf zurückdenke.

Da haben Priscilla und ich das Schlusslicht gebildet und wir waren beide so groggy, dass wir uns – ganz aus Versehen – hinter der Ziellinie völlig erschöpft in die Arme gefallen sind. Tat einen Moment richtig gut, war uns aber auch beiden ganz schnell peinlich und wir haben uns hastig wieder voneinander losgemacht. Lachen mussten wir dann doch. Ziemlich beste Feindinnen! LOL.

Später am Abend gehe ich Arm in Arm in der Dunkelheit mit Julius zum Bus. Er besteht darauf, mich nach Hause zu bringen.

»Ich lasse kein Mädchen im Dunkeln alleine gehen«, sagt er und es klingt ritterlich, so wie bei den *Drei Musketieren*.

Vor dem Schultor sehen wir ein Pärchen hingebungsvoll knutschen. Wir schlendern an ihm vorbei und ich erkenne … halt mich wer fest … Priscilla und Manu. Die lässt aber wirklich nichts anbrennen!

Okay, dann ist sie also nun schön für *ihn*. Damit wäre das Problem mit Jean-Pascal und ihr ja nun endgültig gelöst.

Als Julius mich vor unserem Haus abliefert, stehen wir beide noch ein bisschen wie bestellt und nicht abgeholt im Lichtkegel der Straßenlaterne.

»Schau, unsere beiden Schatten sehen wie einer aus«, sagt er mit seiner samtigen Stimme. »Aber ich möchte dich eigentlich gerne richtig umarmen.«

»Ich dich auch …«

»Es war schön heute mit dir, Motsi«, flüstert er mir bei der Umarmung zärtlich ins Ohr. »Träum was Nettes.«

Dann ist er weg und auf meiner Wange klebt der Hauch eines Kusses.

Alles geht – auch wenn nichts mehr geht!

Bleibt noch Sofie, die mir von Tag zu Tag mehr fehlt. Kann sie sich nicht auch mal etwas bewegen? Mir ein kleines Stück … ein ganz winziges wenigstens … entgegenkommen? Nur ein bisschen guten Willen zeigen, das könnte ich doch von meiner besten … ehemals besten Freundin erwarten.

Ich habe ja nun wirklich alles wiedergutgemacht und in die richtigen Bahnen gelenkt. Wir könnten also endlich miteinander im Reinen sein. Aber es tut sich nichts!

Von Sofies Seite nicht das kleinste Zeichen, dass sie mich noch mag oder sich überhaupt für mich interessiert.

Zwar steckt sie jetzt in den kleinen Pausen wenigstens nicht mehr mit Gunda zusammen, sondern düst wieder zu Jean-Pascal rüber, aber mich scheint sie gar nicht mehr wahrzunehmen.

Das ist fast schon diskriminierend. Wenn nicht Julius ab und zu mit mir ein bisschen smalltalken würde, müsste ich in der Schule völlig vereinsamen.

Lange hält das ein Mensch nicht aus, ohne verrückt zu werden. Ich jedenfalls bin ziemlich am Ende.

Eigentlich müsste ich es genauso machen – Sofie komplett ignorieren, aus meinem Leben streichen, vergessen! Aber ich kann das einfach nicht.

Ehrlich, ich habe es ja nun wirklich versucht, aber es klappt nicht! Ein Leben ohne Miss Sofie will ich mir auch gar nicht vorstellen! Sie ist und bleibt meine beste Freundin, egal ob sie in Jean-Pascal verliebt ist oder nicht, ob sie mich mies behandelt oder nicht ... Keiner kann sie ersetzen ... Und ich ... ich kann nicht länger ohne sie leben! Sie muss mir verzeihen ...

Glasklar, wenn ich mich entschuldige, wie Mam es meint, dann tut sie es sicher auch. Freunde tun das, sie verzeihen einander, sie lassen sich durch nichts in ihrer Freundschaft beirren – sonst sind es keine wirklichen Freunde.

Hat sie das nicht auch mal gesagt? Natürlich hat sie das!

Aber wie vieles andere ist auch das bei ihr ja vielleicht nur Theorie. Eventuell kann sie das in der Praxis gar nicht umsetzen und stolpert vielleicht im wirklichen Leben genauso herum wie ich in den theoretischen Schulfächern. Was bei mir Mathe ist, ist bei ihr eine soziale Beziehung ... und mein Physikdilemma hat sie im emotionalen Bereich.

Ich glaube, da liegt unser eigentliches Problem: Mein Herz und ihr Kopf ... die wollen sich gerne verstehen, tun es aber manchmal doch nicht. Was unsere Freundschaft so prickelnd macht, lässt sie dann plötzlich hochexplosiv werden …

Wow – da habe ich jetzt aber echt mal einen intellektuellen Höhenflug. Muss ich gleich ausnutzen. Action!

Ich werde Sofie jetzt wirklich einen Brief schreiben … ja, hauptsächlich um mich zu entschuldigen … aber auch um ihr diese Sache mal zu erklären.

Sie scheint vollkommen vergessen zu haben, warum wir eigentlich beste Freundinnen sind. Nicht nur weil sie ein Wikipedia auf zwei Beinen ist – darauf könnte ich als modernes Mädchen inzwischen wirklich verzichten und einfach eine Suchmaschine benutzen …

Andererseits, wer will schon mit einer kalten, emotionslosen Suchmaschine befreundet sein? Siri oder Google sind doch kein Ersatz für einen richtigen Menschen!

Das Problem mit Sofie ist, dass sie so kopfgesteuert ist und leider viel zu oft vergisst, wie wichtig Gefühle sind. Wie könnte sie sonst so tun, als ob ihr der Logenplatz in meinem Herzen schnuppe wäre? Aber vielleicht wirkt das jetzt auch nur so auf mich, weil wir verkracht sind, und in Wirklichkeit lümmelt sie doch ganz gerne auf dem weichen Samtsessel darin herum … geborgen in meiner freundschaftlichen Liebe.

Sicher kann ich mir jedoch nicht mehr sein und das geht ganz und gar nicht, weil ich dadurch nämlich völlig aus der Spur gerate. Obwohl das für mein Gehirn ja nun schon seit Längerem gilt, ist das kein akzeptabler Zustand – nicht mal in der Pubertät.

Die ganze Motzi ist ohne Miss Sofie voll von der Rolle, amputiert, behindert … handlungsunfähig … Das fühlt sich so mies an, sag ich euch! Richtig, richtig mies!

Also gut Papier her und Stift. In so einem Fall ist oldschool angesagt. Wie fange ich an?

Liebste, beste Miss Sofie – meine einzigste, herzallerliebste Freundin!

Hm, bisschen dick aufgetragen, klingt wie ein Kitschroman. Stimmt aber.

Was kann ich dafür, dass irgendwelche dusseligen Schriftsteller diese schönen Wörter so inflationär gebrauchen, dass sie kein Mensch mehr ernst nehmen kann?!

Ich nehme sie trotzdem noch ernst. Dann ist mein Herz eben ein Kitschherz und ich bin eine Kitsch-Motzi. Sentimental, gefühlsduselig … verkitscht halt.

Aber ich kann es ja trotzdem mal anders versuchen, etwas abgespeckt:

Teuerste Freundin …

Och nö, so hat bestimmt Goethe an Charlotte in Weimar geschrieben, und Lessing an Eva … Ich habe da noch ein paar Zitate von Frau Schönfelder im Ohr … das war vor mehr als hundert oder zweihundert Jahren!!! Bin ich retro oder was?

Mal moderner versuchen:

He, liebste Zuckerschnecke, du Sahnehäubchen auf meiner heißen Schokolade … Quatsch, war nur ein Gag der Verzweiflung. Das würde allenfalls Stuart an seine Kindergartenliebe – reloaded – schreiben …

Nope! Eher schlicht:

Sofie, meine Allerbeste!

Schon besser … Und nun?

DUHUUUUU FEHEEEHLST MIR SO UUUUUNENDLICH!!!

Jau! Das sagt doch wohl alles.

Aber sie ist beleidigt, ich habe mich in ihre Beziehung eingemischt, ich habe sie fast zerstört … sie hat alles Recht der Welt, mich zu hassen … ich muss mich entschuldigen … hilft nix! Wat mutt – dat mutt!

Bitte HASSE mich NICHT!!!

Aber vielleicht hasst sie mich gar nicht, sondern ist nur schrecklich enttäuscht …

Sei doch NICHT so ENTTÄUSCHT …

Warum nicht, warum soll sie nicht enttäuscht sein, wenn ich sie doch enttäuscht habe?

Ich wollte dich doch NICHT ENTTÄUSCHEN …

Sondern nur, dass du dich von Jean-Pascal entliebst, um wieder ganz für mich da zu sein …

Aber genau das ist es ja, was sie nicht versteht.

ICH wollte doch nur, dass DU weiter GANZ UND GAR FÜR MICH DA BIST!

Will sie aber nicht, nicht mit Haut und Haaren und aus vollem Herzen. Sie mag diesen blöden, schnöseligen, hochbegabten Nerd ebenfalls. Sie mag ihn sogar sehr, aber …

DU kannst doch so einen schnöseligen Nerd nicht MEHR LIEBEN als MICH?!!!

Unfug! Wenn wir Freundinnen bleiben wollen, muss ich wohl lernen, mit diesem Typ zu leben. Eigentlich ist er ja seit der Haiku-Geschichte auch ganz nett zu mir …

Na gut, er ist ja nicht das Thema, sondern diese Schwachsinnsaktion mit Priscilla. Dafür *muss* ich mich entschuldigen. Egal was ich von Jean-Pascal halte, so darf man sich nicht in die Beziehungskiste einer Freundin einmischen.

Okay, aber der Anfang war ja schon mal ganz gut, den kann ich nehmen:

Sofie, meine Allerbeste!

Ich wollte Dich doch nicht so enttäuschen …

Jetzt sollte erst mal die Entschuldigung kommen, denn ohne die liest sie vermutlich gar nicht erst weiter …

Und darum will ich mich auch bei DIR ENTSCHULDIGEN!

Hm, das ist vielleicht etwas schwach …

Darum will ich mich bei DIR auch aus TIEFSTEM HERZEN ENTSCHULDIGEN …

Jahaaa, klingt schon wieder kitschig. Ich kann nun mal nichts dafür! Liegt an der deutschen Sprache, die ist eben seit der Romantik voll verquast …

Vielleicht mal auf Englisch versuchen, obwohl, das ist ja nicht unbedingt meine Stärke, aber auch verzweifelter Versuch macht klug … oder?

Test + Test + Test + Test + Test + Test + Test +

Therefore, my beloved best friend, I send YOU MY DEEPEST SORRY …

Äh, nee, was heißt denn Entschuldigung eigentlich auf Englisch? Googlemugel: Aha, *excuse* oder *apology*. Hm, das zweite klingt gebildeter, das nehme ich.

I send YOU MY DEEPEST APOLOGY … meine unterwürfigste Entschuldigung? Nee, das geht zu weit und das meine ich auch gar nicht und so was will Sofie bestimmt auch nicht. Es wäre ihr sicher voll peinlich, wenn ich vor ihr quasi auf dem Boden krieche …

Sie ist ein aufrechter Mensch und mag auch nur eine Freundin mit Rückgrat. Ich muss ihr schon in die Augen sehen bei meiner Entschuldigung, auch brieflich …

Knüll! Weg damit!

Ich nage am Stift, kaue ihn halb auf, habe bestimmt inzwischen schon blaue Lippen deswegen … blaue Finger sowieso …

Liebste SOFIE, warum kannst du mir nicht einfach verzeihen? Es tut mir alles so leid und es liegt doch nur an meinem dicken Motzkopf, der immer durch die Wand will, und dann weder nach rechts noch nach links schaut. Der die Augen schließt und die Ohren dicht macht und an dem alle gut gemeinten Ratschläge abprallen …

Hm, ziemlich viele Ausflüchte und Entschuldigungsgründe für mich … vielleicht sollte ich lieber mal zum Thema kommen:

Allerbeste BFF, es ist doch nicht so, dass ich dir keinen Freund gönne … ich will dich doch nur deswegen NICHT VERLIEREN!!

Zu offen! Weg damit! KNÜLL! Zu dem anderen Schrott!

Meine süße, beste Freundin!

DU VERSTEHST DOCH IMMER ALLES – WARUM JETZT NICHT AUCH?!

Sofie ist alles, nur nicht SÜSS. Igitt! Wenn sie das liest, kündigt sie mir erst recht die Freundschaft auf.

ZerKNÜLL!

ICH KANN NICHT OHNE DICH SEIN!

Endlich mal ein klarer Satz, aber was nützt es, wenn *sie* scheinbar problemlos ohne *mich* sein kann? Sie hat ja jetzt Jean-Pascal!

Merkst du denn nicht, wie ich LEIDE?!

Schmeiß weg! Mit blödem Selbstmitleid kann ich bei Sofie keinen Blumenpott gewinnen.

Also Herz und Bauch ausschalten und mal den Kopf bemühen. Auf der intellektuellen Ebene ist Sofie sowieso am besten anzusprechen:

Liebe allerbeste Freundin,

ich habe einen SCHWEREN FEHLER gemacht, denn ich habe DEINE LIEBE zu Jean-Pascal UNTERSCHÄTZT und die zu MIR wohl ÜBERSCHÄTZT …

NEIN!!! Das ist viel zu depressiv, klingt anklagend und irgendwie falsch … Ich will auch gar nicht weniger von ihr geliebt werden als dieser doofe Nerd … ich will bei ihr weiter die ERSTE Geige spielen!

Mittlerweile raufe ich mir die Haare, schreibe, verwerfe, kaue an Stift und Fingernägeln, schreibe neu und verwerfe wieder. Der Müllberg um meinen Schreibtisch herum wächst proportional zu meiner Verzweiflung. Das wird doch nie was! Mir ist kalt und ich fröstele …

ICH kann NICHT MEHR! Kreisch! *KOMM ZURÜCK!!!*

OMG, nicht auch noch *Titanic.* Obwohl, das Gefühl schon sehr ähnlich ist, wenn eine Freundschaft an einem Eisberg aus Problemen zerschellt und im eisigen Meer der Hoffnungslosigkeit versinkt … wenn alles abstirbt in einem …

Ich sehe die Filmbilder an meinem inneren Auge vorbeiziehen und muss heulen.

Vielleicht sollte ich es erst mal mit dem Ende versuchen. Ein geniales zu Herzen gehendes Schlusswort muss auf jeden Fall her:

BLEIB doch bitte trotzdem MEINE FREUNDIN …

Ich stümpere mir weiter einen ab! Die Stunden verrinnen … die Hausaufgaben warten … ich ersticke an meiner Schuld und bald sicher auch in meinen sinnlosen Versuchen …

ICH bin so UNGLÜCKLICH!!!!

Die Zeit lässt sich einfach nicht zurückdrehen … was einmal war, wird nie mehr so sein … NEIN!!!

Mir laufen inzwischen die Tränen über das Gesicht, an das Fenster klopft der Regen und irgendjemand an meine Zimmertür …

»SOFIE! Was, äh … machst DU denn HIER?«

Hastig wische ich mir mit der tintenkuliblauen Hand die Tränen aus dem Gesicht … äh … ja … keine gute Idee!

»Wie siehst du denn aus? Machst du blau?«

Sofie tritt ins Zimmer und steht jäh in meinem Haufen zerknüllter Briefversuche … Anfänge, Mittelstücke, Endsätze …

Sie wirkt etwas verstört über diesen Anblick, als sie sagt: »Ich, ich bräuchte mal meinen Zirkel zurück, den ich dir geliehen habe … für die Geometriehausarbeit.« Sie stockt. »Und, äh, du? Was machst du?«

Hm, das werde ich ihr ja wohl kaum auf die Nase binden … Kann ja schlecht sagen: *Ich bemühe mich grade, unsere komatöse Freundschaft wiederzubeleben.* Aber eine plausible Erklärung fällt mir auch nicht ein.

Neugierig, wie sie ist, beugt Sofie sich auch schon runter und mit den Worten »Darf man mal sehen?« hebt sie einen meiner zerknüllten Versuche auf, faltet ihn auseinander und sagt, bevor sie richtig hinguckt: »Wenn du solche Schwierigkeiten bei den Aufgaben hast, hättest du ja mal jemanden fragen können …«

Dann stockt sie erneut, wobei sie diesmal ziemlich stier auf den Zettel in ihrer Hand starrt …

OMG, ich will gar nicht wissen, was da draufsteht … auf jeden Fall etwas, was ich verworfen habe, weil sie es nicht lesen sollte!

»Äh, das, das ist nicht für dich bestimmt!«, stoße ich also panisch heraus.

»Nicht? Und warum steht dann mein Name da oben? Kennst du noch eine andere Sofie?«

Sie liest jetzt laut vor: »Allerliebste Sofie, bitte lass mich erklären …«

»Äh … nein … aber …« Mir fehlen die Worte. Was soll ich auch sagen … außer: »Ich, ich hab's halt versucht …«

»Was? Was hast du versucht?«

Sie geht auf die Knie runter, hebt einige der anderen Papierknäuel auf, streicht sie auf dem Teppich glatt und liest schweigend. Alles! Zettel um Zettel. Gnadenlos den ganzen Gedankenabfall eines verkorksten Nachmittags.

Mir kommen erneut die Tränen, wie ich sie so in meinem Chaos hocken sehe. Ich bin entsetzt, dass sie meine untauglichen Briefversuche liest, aber zugleich so glücklich, sie hier in meiner Nähe zu haben. Endlich mal wieder bei mir, in meinem Zimmer zu haben …

Ich knie mich zu ihr und nehme ihr das zerknitterte Blatt, welches sie grade entfaltet hat, aus der Hand.

»Das, das sollst du nicht lesen …«

Sie zieht es mir wieder weg. »Will ich aber … ich will alles lesen!«

»Alles, den ganzen Müll, den ich abgesondert habe?«

Ich begreife sie nicht, aber das ist ja eigentlich nichts Neues. Sofie kann man einfach nicht begreifen … sie ist so einzig in allem, was sie denkt und tut … sie ist eben Sofie!

»Ja«, sagt sie ganz ruhig, mit fester Stimme, »deinen ganzen Seelenmüll.«

»Warum?«

»Weil ich dich verstehen möchte … weil ich wissen will, warum du mich so hintergangen hast …«

Ich schluchze und sie faltet den nächsten Zettel auseinander. »Ist es deswegen?« Sie liest laut vor: »Ich will nicht, dass EIN TYP zwischen UNS steht!« Sie hebt noch einen auf. Liest auch den vor: »ICH will DICH für MICH ALLEIN!«

Und so weiter und so weiter … Zettel um Zettel … sie ist nicht zu bremsen. »Es ist doch nicht so, dass ich dir keinen Freund gönne … Ich will dich aber deswegen nicht verlieren … Verlass mich nicht! … Komm zurück!«

Wie ist das peinlich!

Kennt sie denn gar kein Erbarmen mit mir, ihrer ehemals besten Freundin?

Da sagt sie plötzlich, als ich nun richtig laut flenne: »Ich bin doch da, Motzi!«, krabbelt zu mir rüber und nimmt mich in ihre Arme. Ich sinke völlig fertig an ihre Brust. Ich weine leise und sie schweigt. Dann beginnt sie leicht mit dem Oberkörper vor- und zurückzuschaukeln, so als wolle sie ein Baby in den Schlaf wiegen.

Ich genieße die sanft streichelnde Berührung ihrer Hände auf meinem Rücken und merke, wie das Schaukeln mich beruhigt und ihre Nähe mich entspannt.

»Priscilla hat die Lust an Jean-Pascals Nachhilfeunterricht verloren«, sagt sie plötzlich aus heiterem Himmel und es klingt erleichtert.

»Ich weiß.« Meine Briefchen-Kommunikation mit Priscilla hat wirklich überraschend schnell und nachhaltig Wirkung gezeigt.

»Wie, du weißt? Hast du schon wieder deine Finger im Spiel gehabt?«

Leugnen ist zwecklos …

»Na ja, was ich versaubeutelt habe, muss ich ja wohl wieder in Ordnung bringen dürfen …«

Sofie scheint nun aufzuwachen und beginnt zu kombinieren, denn sie schaut mich plötzlich durchdringend an …

»Ich habe Priscilla auf dem Sportfest mit Manu flirten sehen …«

»Ach, das ist ja ein Zufall! Ich auch«, spiele ich die Ahnungslose.

»War ja klar, dass sie sich allmählich mal wieder für einen Jungen interessiert, wo ihre BFF ständig an *dir* klebt.«

Uups, das wollte ich jetzt nicht sagen. Obwohl es stimmt.

»Leider, Gunda ist reichlich lästig«, sagt Sofie aber nur.

»Vielleicht sollten wir doch wieder die Plätze tauschen …«, wage ich einen zaghaften Vorstoß.

»Vielleicht.« Sofie bleibt einsilbig, doch dann fragt sie: »Sag mal, Jean-Pascal hat mir da neulich ein paar Haikus gezeigt und mich gefragt, ob ich die geschrieben habe …«

»Und, hast du?«

»Nein, habe ich nicht … aber er glaubt es und ich … ich hab ihn in dem Glauben gelassen.«

Ach, sieh an! Immer hält sie es wohl auch nicht ganz mit der Wahrheit …

Sofie ist plötzlich wieder sehr unentspannt. OMG, jetzt nur keinen Fehler machen, dann war alles umsonst. Ich beginne innerlich zu zittern.

»Ja, ist doch okay. Also … wenn sie dir auch gefallen … ist das doch voll in Ordnung, Hauptsache, sie … äh … erfüllen ihren … äh … Zweck …« Uups!

»Motzi, ich habe DEINE Schrift erkannt. Wieso schreibst du Haikus über die Liebe an Jean-Pascal? Was wird hier gespielt …? Und jetzt sag bitte nicht, dass ausgerechnet du mich durch diese Aktion mit Jean-Pascal wieder zusammenbringen wolltest …?«

»Und wenn es so wäre?«

»Das, das nehme ich dir nicht ab!«

Sie scheint echt verblüfft zu sein.

»Wenn es nicht anders geht. Ich … ich könnte mich ja vielleicht doch an ihn gewöhnen … wenn du dann wieder meine Freundin sein könntest … Versuch … äh … macht klug …«

Ich habe zwar das Gefühl, bei diesem Entgegenkommen ganz gewaltig neben mir zu stehen, aber was macht man nicht alles für seine Allerbeste?

Sofie geht nicht direkt auf mein Statement ein, aber sie rückt näher zu mir. Sie stößt mir mit dem Ellbogen leicht in die Rippen. Es ist nicht böse, eher freundschaftlich.

»Dummer Motzkopf, wenn du nur nicht immer mit dem Kopf durch die Wand wolltest«, sagt sie dabei. »Vertrau doch einfach mal darauf, dass andere Menschen ihr eigenes Leben ganz gut selber steuern können und keine Motzi brauchen, die ihnen da reinfunkt.«

Ich seufze.

»Ich war keine gute Freundin«, sage ich resignierend. »Du hast recht, mich zu verlassen.«

Nun wird sie aber richtig ärgerlich.

»Red keinen Unsinn, Motzi!«, knurrt sie. »Warum, glaubst du, bin ich hier? Weil ich dich verlassen will?

Ausgerechnet nachdem du mich grade mit Jean-Pascal wieder zusammengebracht hast und er zum ersten Mal richtig … äh … begriffen hat … also, dass Liebe mehr ist als ein Lyrik-Workshop?«

Irgendwas nuschelt sie noch hinterher … Habe ich einen Hörsturz? Sie hat doch jetzt nicht wirklich »Danke« gesagt?

»He, bist du noch bei mir?«, fragt sie, weil ich vor Verblüffung erstarrt bin, packt mich an den Schultern und schüttelt mich leicht.

Und dann sagt sie doch tatsächlich die herrlichsten Worte, die ich seit Wochen gehört habe: »Denkst du denn, ich hätte dich nicht auch vermisst? Ich wäre nicht ebenfalls furchtbar traurig gewesen? Ich war total wütend und verletzt, aber ich zeige das eben nicht so.«

»Du, du bist so kalt und abweisend gewesen, das war grausam!«

»Für mich selbst auch, Motzi! Glaub mir, oft hätte ich dich viel lieber in den Arm genommen, statt dir die kalte Schulter zu zeigen.«

»Hättest du mal tun sollen …«

»Vielleicht – aber dafür ist es ja nie zu spät.«

Sie schlingt wieder ihre Arme um mich. Das fühlt sich so gut an, warm und sicher.

»Am meisten tat es mir um unsere Freundschaft leid«, sagt sie nachdenklich und fügt dann total optimistisch hinzu: »Aber jetzt wird alles wieder gut. Nicht wahr?«

Wir hocken nun Arm in Arm ganz nah beieinander, genauso wie es früher war, wenn wir gekuschelt haben.

»Ich werde immer für dich da sein, Motzi, egal ob wir uns mal streiten oder nicht … in guten und in schlechten Zeiten. Das haben wir uns doch geschworen.«

»Das, das heißt, du nimmst meine Entschuldigung an?«

»Na klar, nehme ich die an … wo du dir damit doch so viel Mühe gegeben hast! Und by the way … ohne meine Chaosqueen ist das Leben einfach viel zu langweilig.«

Lächelnd schaut sie auf das Zettelchaos um uns herum.

»Und Jean-Pascal?«, frage ich zaghaft.

»Mit dem ist alles okay, aber was hat der damit zu tun, dass wir uns lieb haben? Können wir nicht jede einem netten Typ die Hand reichen und uns dennoch so eng umarmen, dass kein Blatt zwischen uns passt?«

Hm, klingt kompliziert. Ich versuche es mir dennoch vorzustellen und muss zugeben, dass Frau Schönfelder über dieses Bild vermutlich begeistert wäre.

Ich nicke und meine Tränen versickern langsam.

»Doch«, gebe ich Sofie schließlich mit einem erleichterten Seufzer recht. »So könnte es gehen. Du & ich – und die Jungs an unserer Hand. *Bei uns,* aber niemals *zwischen uns!*«

Sofie lacht und ich beginne mir lustige Zeiten zu viert

vorzustellen … mit Sofie und mir, Jean-Pascal und … vielleicht … einem Typ ohne Eigenschaften …

Ich richte mich auf, nehme nun selbst auch einen Zettel zur Hand und streiche ihn glatt. »Sorry seems to be the hardest word«, lese ich vor und schüttele den Kopf. »Nein, ist es nicht – nicht unter besten Freundinnen! Ich war eine Idiotin und das tut mir leid, Sofie. Wirklich, ich will dich auf keinen Fall verlieren, und ich bin so glücklich, dass du mir verzeihst.«

Ich drücke sie ganz feste und gebe ihr ein Küsschen.

»Übrigens, diese Haikus von dir«, sagt sie später, »die waren schon ziemlich gut, die hätten wirklich von mir sein können.«

Sie lacht, weil ich sie wohl mal wieder mit zwei großen Fragezeichen in den Augen anstarre. So viel Lob bin ich von ihr nämlich eigentlich nicht gewöhnt, und als sie jetzt auch noch das Perlenarmband aus ihrer Jackentasche zieht und mir umlegt, fließen noch mal Tränen bei mir. Es ist aber auch wirklich ein echt sentimentaler Moment!

»Du hast es trotz allem noch fertig gemacht«, flüstere ich mit tränenerstickter Stimme. »Du hast es nicht weggeworfen?«

Sie legt es mir ums Handgelenk, an das es sich sofort ganz wundervoll anschmiegt.

»Motzi, was denkst du denn von mir?!«

»Nur das Beste, Allerbeste!«

Best friends forever!

Eure Motzi

Ich motze weiter auf:
www.motzis.blogspot.de

ABHÄNGEN oder WIE MEINE ELTERN MICH SEHEN!

Von Faultieren und Hängematten

Ohne Eltern …

… wäre die Pubertät nur halb so (schön) schlimm!

Stimmt doch! Ich zumindest würde einfach nur in meiner neuen Hängematte abhängen, chillen, niemanden belästigen und tiefenentspannt dabei zusehen, wie mein Gehirn langsam vom Zustand einer chaotischen Baustelle in einen perfekt funktionierenden Bahnhofsneubau übergeht.

Mit neuem Fahrplan und Zügen, die pünktlich abfahren und genau da ankommen, wo sie hin sollen.

Gut, das schafft nicht mal die Deutsche Bahn, aber träumen muss ja wohl erlaubt sein und schadet niemandem.

Denkt man so naiv.

Aber dann sind da die Erzeuger, also die Eltern, und fühlen sich – völlig zu Unrecht natürlich – durch mein Nichtstun belästigt.

Elternsein heißt wohl automatisch: Kontrolletti spielen … äh … um im Bild zu bleiben. Das ist so ungechillt und macht mich regelrecht nervös.

Fällt in China vielleicht ein Reissack um, wenn ich nicht jeden Tag gleich nach dem Aufstehen mein Bett mache? NEIN!

Bricht die Ökobilanz für wiederverwertbare Rohstoffe zusammen, wenn ich nicht jede Smoothie-Bottle sofort entsorge, sondern erst mal in meiner Hütte zwischenlagere? NEIN!

Muss ich jeden Tag Staub beim Wischen aufwirbeln und die Atemluft damit belasten? NEIN, NEIN und nochmals NEIN!

Zählt ihr auch täglich so viele Neins wie ich, wenn ihr euch fragt, warum ihr dies oder jenes tun müsst, und ob es jemandem schadet, wenn ihr es nicht tut? Ist doch voll die Negativbilanz und macht mich völlig unnötig depri. Denn natürlich bin ich mal wieder die Böse – faul, unordentlich und total auf Opposition gebürstet … voll der Motzkopf!

Dabei will ich doch eigentlich nur meine Ruhe haben und meine Menschenrechte nicht jedes Mal beim Eintritt in unsere Wohnung an der Garderobe abgeben.

Zwischenruf Miss Sofie: »Du übertreibst!«

Wieso?

Habe ich kein Recht auf Intimsphäre und einen eigenen Lebensstil?

Ich verlange ja auch von keinem Mitglied meiner Familie, dass es mein Leben kopiert.

In meiner Hängematte wäre eh nicht für alle Platz. Nur meine Allerbeste, die geht natürlich noch mit rein!

»Ich rutsch ja schon rüber, Miss Sofie!«

Ordnung ist das halbe Leben?

Falsch! Hier irrt der Volksmund! Bei mir ist es jedenfalls nur ein sehr viel kleinerer Bruchteil davon! So'n Hundertstel … allenfalls … oder noch weniger! Wenn es nach mir ginge, könnte man das Wort aus dem Wortschatz streichen! Leben funktioniert auch ohne Ordnung ganz gut – eigentlich sogar besser … hm … hm … hm … la … la … la …

Nehmen wir mal mein Zimmer!

Ich liebe mein Zimmer, wie es ist, und außer mir muss schließlich niemand drin leben, höchstens mal Miss Sofie, wenn sie mich übers Wochenende besuchen kommt. Und die ist der Ansicht, dass man sich – erste Priorität – in seiner Butze wohlfühlen muss.

Ich bin ja sowieso der Meinung, dass der Precht (also dieser Philosoph, dessen neuen Bestseller sich meine Mam grade mal wieder reinfüllt) vollkommen recht hat:

Liebe und Unordnung gehören einfach zusammen.

Auch bei der Liebe zu meinem Zimmer.

Je unordentlicher es ist, umso mehr liebe ich es!

Das ist Heimat, das umfängt mich, nimmt mich jeden Abend liebevoll in seine Arme auf …

Mein ungemachtes Bett, das ich nicht mal mehr aufdecken muss, heißt mich willkommen … Die CD, die noch im Player liegt, breitet auf einen einzigen Tastendruck hin ihren behaglichen Klangteppich zu meinen Füßen aus.

Ich brauche ihn nur zu betreten und schon wandle ich wie auf Wolken, gerate ins Schweben und kann endlich Träume zulassen …

Was gibt es Schöneres nach einem stressigen Tag?

Leben ist nun mal etwas voll Emotionales und ist geprägt von Inspiration und Spontaneität … Aufräumen dagegen ist was voll Rationales und tötet jede Inspiration ab, legt dem freien Geist Fesseln an und zwingt die Fantasie in fremdbestimmte Ordnungsmuster. Von Menschen erfunden, die andere Menschen damit terrorisieren wollen.

Davon abgesehen:

Man kann mit einem ordentlichen Zimmer einfach nicht kommunizieren! Und Überraschungen erlebt man darin auch nicht.

Das ist wie WhatsApp ohne Freunde oder würfeln mit einem Würfel ohne Augen. Du kriegst nie ’ne Sechs!

Ihr kapiert nicht? Haltet mich für durchgeknallt? Dann schaut mal auf die kleine Episode aus dem DREHBUCH meines Lebens:

Szene 1: Motzis Zimmer, Tag. Motzi sucht etwas in ihrem Zimmer und redet dabei mit »ihm«:

»Eh, wo ist denn wieder mein Mathebuch?! Hast du es verschluckt? Nun komm, spuck es aus, ich muss Aufgaben machen …«

Das Zimmer stellt sich taub, weiß aber um die verborgenen Schätze in seinem Inneren und lächelt sanftmütig.

Während ich also noch nach dem Mathebuch suche, finde

ich diese megahippe Zeitschrift mit dem Poster von Katie Melua und muss das erst mal rauslösen und an meine Fanwand hängen. Ihr Blick … Sieht so krass aus … Ich summe *Lucy in the Sky With Diamonds* … und das gibt mir tausendmal mehr als ein ödes Mathebuch.

Okay, ich vergesse dann manchmal, weiter danach zu suchen, also nach dem Mathebuch … und die Aufgaben zu machen … und oft auch, es am nächsten Tag mit in die Schule zu nehmen.

Weil: Ich muss ja erst mal die neue Haarkreation und das Augen-Make-up von dem Poster ausprobieren!

Ach so … wegen dem Mathebuch … kann ja mal passieren, dass man das aus dem Auge verliert … dafür sieht das Poster so was von toll aus an meiner Wand!
Ich könnte es stundenlang von meiner Hängematte aus anschauen …
Ich finde sie ja sooo cool! Also wenn ich keine Eltern hätte … in mir steckt bestimmt genauso viel Power – aber die darf ich ja nicht rauslassen …

Ein STAR könnte ich sein!

Stattdessen werde ich zu niederen Hausarbeiten gezwungen!

»Hier«, sagt meine Mutter, kippt mich aus der Hängematte – so was von brutal – und drückt mir das Saugrohr vom Staubsauger in die Hand.

»Wenn das gnädige Fräulein dann mal seinen Allerwertesten in Schwingungen versetzen könnte, die der Allgemeinheit dienlich sind!«

Was dient denn daran der Allgemeinheit, wenn ich verdonnert werde, Staub zu saugen?

Sklavenarbeit! Ein völlig undemokratischer Akt! Verstößt garantiert gegen die Menschenrechte ... oder so ... muss einer doch wohl selber entscheiden können, ob und wann er das macht ... in SEINEM Zimmer!

»Schreib eine Beschwerde an den Den Haager Gerichtshof«, empfiehlt meine Mutter und ich habe den Eindruck, dass sie mein Grundbedürfnis nach Entspannung weit weniger ernst nimmt als die paar Staubflusen auf meinem Zimmerteppich.

Hat sie vielleicht eine behandlungsbedürftige Hausstauballergie?

Nö, sie muss weder ständig niesen, noch hat sie verquollene Augen, wenn sie mein Zimmer betritt ... na ja, einen etwas unnormalen Blick schon ... so panisch irgendwie ...

Ich ziehe Miss Sofie zurate.

Miss Sofie: »Ich glaube, deine Mutter hat einen Reinlichkeitstick, das ist aber in ihrer Generation fast schon normal und vermutlich auf ein frühkindliches Trauma zurückzuführen. War ihre Mutter ›Nur-Hausfrau‹?«

Ich denke an Oma Inge, Mamas Mutter, und finde, dass das alles erklärt. Die hat einen Krümelroller, mit dem sie noch während der Familien-Kaffeetafel am Sonntagnachmittag die Krümel vom Tisch rollert. Abartig.

»Was machen wir dagegen?«

Miss Sofie zuckt die Schultern: »Tu deiner Mutter doch ab und zu den Gefallen und räum ein paar Sachen in den Schrank, statt sie auf den Boden zu schmeißen … dann kann sie besser saugen … und … du weißt doch, mit Kranken muss man liebevoll umgehen.«

ARRRGGGHHH!!!

Weitere Titel in der Reihe »Best Friends Forever«:
Bianka Minte-König: Du & ich – für immer?
Du & ich – gegen den Rest der Welt
Hortense Ullrich: Luca & Vanessa: Plötzlich Schwestern!
Luca & Vanessa: Ziemlich beste Feindinnen

Mehr über unsere Bücher, Autoren und Illustratoren auf:
www.planet-verlag.de

Bianka Minte-König:
Best Friends Forever
Du & ich – und (k)ein Typ dazwischen
ISBN 978 3 522 50471 3

Einbandgestaltung: Carolin Liepins
Innentypografie: Tanja Haaf
Reproduktion: HKS-Artmedia GmbH, Leinfelden-Echterdingen
Druck und Bindung: CPI books GmbH, Leck

MIX
Papier aus verantwortungsvollen Quellen
FSC® C083411
FSC www.fsc.org